中国作家同题散文精选

鸟的天堂 猫

鸟虫狗猫卷

巴金 老舍 等 著

人民文学出版社

图书在版编目(CIP)数据

鸟的天堂　猫：鸟虫狗猫卷/巴金等著. —北京：人民文学出版社，2022
（中国作家同题散文精选）
ISBN 978-7-02-017144-6

Ⅰ. ①鸟…　Ⅱ. ①巴…　Ⅲ. ①散文集-中国-现代 ②散文集-中国-当代　Ⅳ. ①I266

中国版本图书馆 CIP 数据核字(2022)第 075112 号

责任编辑　**卜艳冰　邱小群　刘佳俊**
封面设计　**李苗苗**

出版发行　**人民文学出版社**
社　　址　**北京市朝内大街 166 号**
邮政编码　**100705**

印　　刷　**上海盛通时代印刷有限公司**
经　　销　**全国新华书店等**

字　　数　**130 千字**
开　　本　**890 毫米×1240 毫米　1/32**
印　　张　**6**
版　　次　**2022 年 9 月北京第 1 版**
印　　次　**2022 年 9 月第 1 次印刷**

书　　号　**978-7-02-017144-6**
定　　价　**39.00 元**

编辑例言

中国素来是散文大国，历代文章，传诵不绝。而至现代，散文再度勃兴，名篇佳作，亦不胜枚举。散文一体，论者尽有不同解释，但涉及风格之丰富多样，语言之精湛凝练，名家又皆首肯之。因此，在时下“图像时代”或曰“速食文化”的阅读气氛中，重读经典散文，便又有了感受母语魅力的意义。

我国历来有编辑“类书”的传统，采摭群书，辑录各门类或某一类资料，根据内容加以编排，以供查询、征引之用，如《太平广记》《艺文类聚》《古诗类编》等。这样的编选思路，能够较为精准地囊括某一题材的佳作，方便读者检索、参考、阅读，也有利于传播，是古代的“数据库”。本着这样的出发点，我社曾分批编选并出版过一套以主题为核心的同题散文集，比如春、夏、秋、冬，比如风、花、雪、月……每册的内容相对集中，既有文学的意义，又有史料的功能。

数年过去，这套丛书在读者中反应尚佳。因此，我们决定遴选其中的经典篇目，并增加一部分之前未选入丛书的作品，出一套精选集。选文中一些现代作家的行文习惯和用词可能与当下的规范不一致，为尊重历史原貌，一律不予更动。由于编选者识见有限，疏漏之处在所难免，遗珠之憾也仍将存在，敬请读者诸君多多指教。

第一辑

鸟

目录

第二辑 虫

第三辑

狗

第四辑 猫

第一辑

鸟

小麻雀

老　舍

雨后，院里来了个麻雀，刚长全了羽毛。它在院里跳，有时飞一下，不过是由地上飞到花盆沿上，或由花盆上飞下来。看它这么飞了两三次，我看出来：它并不会飞得再高一些，它的左翅的几根长翎拧在一处，有一根特别的长，似乎要脱落下来。我试着往前凑，它跳一跳，可是又停住，看着我，小黑豆眼带出点要亲近我又不完全信任的神气。我想到了：这是个熟鸟，也许是自幼便养在笼中的。所以它不十分怕人。可是它的左翅也许是被养着它的或别个孩子给扯坏，所以它爱人，又不完全信任。想到这个，我忽然很难过。一个飞禽失去翅膀是多么可怜。这个小鸟离了人恐怕不会活，可是人又那么狠心，伤了它的翎羽。它被人毁坏了，而还想依靠人，多么可怜！它的眼带出进退为难的神情，虽然只是那么个小而不美的小鸟，它的举动与表情可露出极大的委屈与为难。它是要保全它那点生命，而不晓得如何是好。对它自己与人都没有信心，而又愿找到些倚靠。它跳一跳，停一停，看着我，又不敢过来。我想拿几个饭粒诱它前来，又不敢离开，我怕小猫来扑它。可是小猫并没在院里，我很快地跑进厨房，抓来了几个饭粒。及至我回来，小鸟已不见了。我向外院跑去，小猫在影壁前的花盆旁蹲着呢。我忙去驱逐它，它只一扑，把小鸟擒住！被人养惯的小麻雀，连挣扎都不会，尾与爪在猫嘴旁耷拉着，和死去差不多。

瞧着小鸟，猫一头跑进厨房，又一头跑到西屋。我不敢紧追，怕它更咬紧了可又不能不追。虽然看不见小鸟的头部，我还没忘了那个眼神。那个预知生命危险的眼神。那个眼神与我的好心中间隔着一只小白猫。来回跑了几次，我不追了。追上也没用了，我想，小鸟至少已半死了。猫又进了厨房，我愣了一会儿，赶紧的又追了去；那两个黑豆眼仿佛在我心内睁着呢。

进了厨房，猫在一条铁筒——冬天升火通烟用的，春天拆下来便放在厨房的墙角——旁蹲着呢。小鸟已不见了。铁筒的下端未完全扣在地上，开着一个不小的缝儿，小猫用脚往里探。我的希望回来了，小鸟没死。小猫本来才四个来月大，还没捉住过老鼠，或者还不会杀生，只是叼着小鸟玩一玩。正在这么想，小鸟，忽然出来了，猫倒像吓了一跳，往后躲了躲。小鸟的样子，我一眼便看清了，登时使我要闭上了眼。小鸟几乎是蹲着，胸离地很近，像人害肚痛蹲在地上那样。它身上并没血。身子可似乎是蜷在一块，非常的短。头低着，小嘴指着地。那两个黑眼珠！非常的黑，非常的大，不看什么，就那么顶黑顶大的愣着。它只有那么一点活气，都在眼里，像是等着猫再扑它，它没力量反抗或逃避；又像是等着猫赦免了它，或是来个救星。生与死都在这俩眼里，而并不是清醒的。它是糊涂了，昏迷了；不然为什么由铁筒中出来呢？可是，虽然昏迷，到底有那么一点说不清的，生命根源的，希望。这个希望使它注视着地上，等着，等着生或死。

它怕得非常的忠诚，完全把自己交给了一线的希望，一点也不动。像把生命要从两眼中流出，它不叫也不动。

小猫没再扑它，只试着用小脚碰它。它随着击碰倾侧，头不动，眼不动，还呆呆地注视着地上。但求它能活着，它就绝不反抗。可是并非全无勇气，它是在猫的面前不动！我轻轻的过去，把猫抓住。将猫放在门外，小鸟还没动。我双手把它捧起来。它确是没受了多大的伤，虽然胸上落了点毛。它看了我一眼！

我没主意：把它放了吧，它准是死？养着它吧，家中没有笼子。我捧着它好像世上一切生命都在我的掌中似的，我不知怎样好。小鸟不动，蜷着身，两眼还那么黑，等着！愣了好久，我把它捧到卧室里，放在桌子上，看着它，它又愣了半天，忽然头向左右歪了歪用它的黑眼瞟了一下；又不动了，可是身子长出来一些，还低头看着，似乎明白了点什么。

小动物们

老　舍

鸟兽们自由的生活着，未必比被人豢养着更快乐。据调查鸟类生活的专家说，鸟啼绝不是为使人爱听，更不是以歌唱自娱，而是占据猎取食物的地盘的示威；鸟类的生活是非常的艰苦。兽类的互相残食是更显然的。这样，看见笼中的鸟，或柙中的虎，而替它们伤心，实在可以不必。可是，也似乎不必替它们高兴；被人养着，也未尽舒服。生命仿佛是老在魔鬼与荒海的夹缝儿，怎样也不好。

我很爱小动物们。我的“爱”只是我自己觉得如此；到底对被爱的有什么好处，不敢说。它们是这样受我的恩养好呢，还是自由的活着好呢？也不敢说。把养小动物们看成一种事实，我才敢说些关于它们的话。下面的述说，那么，只是为述说而述说。

先说鸽子。我的幼时，家中很贫。说出“贫”来，为是声明我并养不起鸽子；鸽子是种费钱的活玩艺儿。可是，我的两位姐丈都喜欢玩鸽子，所以我知道其中的一点儿故典。我没事儿就到两家去看鸽，也不短随着姐丈们到鸽市去玩；他们都比我大着二十多岁。我的经验既是这样来的，而且是幼时的事，恐怕说得不能很完到了；有好多鸽子名已想不起来了。

鸽的名样很多。以颜色说，大概应以灰、白、黑、紫为基本色儿。可是全灰全白全黑全紫的并不值钱。全灰的是楼鸽，院中撒些米就会来一群；物是以缺者为贵，楼鸽太普罗。有一种比楼鸽小，灰色也浅一些的，才是真正的“灰”；但也并不很贵重。全白的，大概就叫“白”吧，我记不清了。全黑的叫黑儿，全紫的叫紫箭，也叫猪血。

猪血们因为羽色单调，所以不值钱，这就容易想到值钱的必是杂色的。杂色的种类多极了，就我所知道的——并且为清楚起见——可以分作下列的四大类：点子、乌、环、玉翅。点子是白身腔，只在头上有手指肚大的一块黑，或紫；尾是随着头上那个点儿，黑或紫。这叫作黑点子和紫点子。乌与点子相近，不过是头上的黑或紫延长到肩与胸部。这叫黑乌或紫乌。这种又有黑翅的或紫翅的，名铁翅乌或铜翅乌——这比单是乌又贵重一些。还有一种，只有黑头或紫头，而尾是白的，叫作黑乌头或紫乌头；比乌的价钱要贱一些。刚才说过了，乌的头部的黑或紫毛是后齐肩，前及胸的。假若黑或紫毛只是由头顶到肩部，而前面仍是白的，这便叫作老虎帽，因为很像廿年前通行的风帽；这种确是非常的好看，因而价值也就很高。在民国初年，兴了一阵子蓝乌和蓝乌头，头尾如乌，而是灰蓝色儿的。这种并不好看，出了一阵子锋头也就拉倒了。

环，简单的很：全白而项上有一黑圈者叫墨环；反之，全黑而项上有白圈者是玉环。此外有紫环，全白而项上有一紫环。“环”这种鸽似乎永远不大高贵。大概可以这么说，白尾的鸽是不易与黑尾或紫尾的相抗，因为白尾的飞起来不大美。

玉翅是白翅边的。全灰而有两白翅是灰玉翅，还有黑玉翅、紫玉翅。所谓白翅，有个讲究：翅上的白翎是左七右八。能够这样，飞起来才正好，白边儿不过宽，也不过窄。能生成就这样的，自然很少，所以鸽贩常常作假，硬插上一两根，或拔去些，是常有的事。这类中又有变种：玉翅而有白尾的，比如一只黑鸽而有左七右八的白翅翎，同时又是白尾，便叫作三块玉。灰的、紫的也能这样。要是连头也是白的呢便叫作四块玉了。四块玉是较比有些价值的。

在这四大类之外，还有许多杂色的鸽，如鹤袖，如麻背，都有些价值，可不怎么十分名贵。在北平，差不多是以上述的四大类为主。新种随时有，也能时兴一阵，可都不如这四类重要与长远。

就这四大类说，紫的老比别的颜色高贵。紫色儿不容易长到好处，太深了就遭猪血之诮，太浅了又黄不唧的寒酸。况且还容易长“花了”呢，特别是在尾巴上，翎的末端往往露出白来，像一块癣似的，把个尾巴就毁了。

紫以下便是黑，其次为灰。可是灰色如只是一点，如灰头、灰环，便又可贵了。

这些鸽中，以点子和乌为“古典的”。它们的价值似乎永远不变，虽然普通，可是老是鸽群之主。这么说吧，飞起四十只鸽，其中有过半的点子和乌，而杂以别种，便好看。反之，则不好看。要是这四十只都是点子，或都是乌，或点子与乌，便能有顶好的阵容。你几乎不能飞四十只环或玉翅。想想看吧：点子是全身雪白，而有个黑或紫的尾，飞起来像一群玲珑的白鸥；及至一翻身呢，那黑或紫的尾给这轻洁的白衣一个色彩深厚的裙儿，既轻妙而又厚重。假若是太阳在西边，而东方有些黑云，那就太美了：白翅在黑云下自然分外的白了；一斜身儿呢，黑尾或紫尾——最好是紫尾——迎着阳光闪起一些金光来！点子如是，乌也如是。白尾巴的，无论长得多么体面，飞起来没这种美妙，要不怎么不大值钱呢。铁翅乌或铜翅乌飞起来特别的好看，像一朵花，当中一块白，前后左右都镶着黑或紫，他使人觉得安闲舒适。可是铜翅乌几乎永远不飞，飞不起，贱的也得几十块钱一对儿吧。玩鸽子是满天飞洋钱的事儿，洋钱飞起却是不如在手里牢靠的。

可是，鸽子的讲究儿不专在飞，正如女子出头露脸不专仗着能跑五十米。它得长得俊。先说头吧，平头或峰头（峰读如凤；也许就是凤，而不是峰），便决定了身价的高低。所谓峰头或凤头的，是在头上有一撮立着的毛；平头是光葫芦。自然凤头的是更美，也更贵。峰——或凤——不许有杂毛，黑便全黑，紫便全紫，搀着白的便不够派儿。它得大，而且要像个荷包似的向里包包着。鸽贩常把峰的杂毛剔去，而且把不像荷包的收拾得像荷包。这样收拾好的峰，就怕鸽子洗澡，因为那好看的头饰是用胶粘的。

头最怕鸡头，没有脑杓儿，楞头磕脑的不好看。头须像算盘子儿，圆忽忽的，丰满。这样的头，再加上个好峰，便是标准美了。

眼，得先说眼皮。红眼皮的如害着眼病，当然不美。所以要强的鸽子得长白眼皮。宽宽的白眼皮，使眼睛显着大而有神。眼珠也有讲究，豆眼、隔棱眼，都是要不得的。可惜我离开鸽子们已念多年，形容不上来豆眼等是什么样子了；有机会到北平去住几天，我还能把它们想起来，到鸽市去两趟就行了。

嘴也很要紧。无论长得多么体面的鸽，来个长嘴，就算完了事。要不怎么，有的鸽虽然很缺少，而总不能名贵呢；因为这种根本没有短嘴的。鸽得有短嘴！厚厚实实的，小墩子嘴，才好看。

头部以外，就得论羽毛如何了。羽毛的深浅，色的支配，都有一定的。老虎帽的帽长到何处，虎头的黑或紫毛应到胸部的何处，都不能随便。出一个好鸽与出一个美人都是历史的光荣。

身的大小，随鸽而异。羽色单调一些的，像紫箭等，自然是越大越蠢，所以以短小玲珑为贵。像点子与乌什么的，个子大一点也不碍事。不过，嘴儿短，长得娇秀，自然不会发展得很粗大了，所以美丽的鸽往往是小个儿。

大个子的，长嘴儿的，可也有用处。大个子的身强力壮翅子硬，能飞，能尾上戴鸽铃，所以它们是空中的主力军。别的鸽子好看，可供地上玩赏；这些老粗儿们是飞起来才见本事，故尔也还被人爱。长翅儿也有用，孵小鸽子是它们的事：它们的嘴长，“喷”得好——小鸽不会自己吃东西，得由老鸽嘴对嘴的“喷”。再说呢，喷的时候，老的胸部羽毛便糙了；谁也不肯这么牺牲好鸽。好鸽下的蛋，总被人拿来交与丑鸽去孵，丑鸽本来不值钱，身上糙旧一点也没关系。要作鸽就得美呀，不然便很苦了。

有的丑鸽，仿佛知道自己的相貌不扬，便长点特别的本事以与美鸽竞争。有力气戴大鸽铃便是一例。可是有力气还不怎样新奇，所以有的能在空中翻跟头。会翻跟头的鸽在与朋友们一块飞起的时候，能飞着飞着便离群而翻几个跟头，然后再飞上去加入鸽群，然后又独自翻下来。这很好看，假若他是白色的，就好像由蓝空中落下一团雪来似的。这种鸽的身体很小，面貌可不见得美。他有个标帜，即在项上有一小撮毛儿，倒长着。这一撮倒毛儿好像老在那儿说："你瞧，我会翻跟头！"这种鸽还有个特点，脚上有毛儿，像诸葛亮的羽扇似的。一走，便扑喳扑喳的，很有神气。不会翻跟头的可也有时候长着毛脚。这类鸽多半是全灰全白或全黑的。羽毛不佳，可是有本事呢。

为养毛脚鸽，须盖灰顶的房，不要瓦。因为瓦的棱儿往往伤了毛脚而流出血来。

哎呀！我说"先说鸽子"，已经三千多字了，还没说完！好吧，下回接着说鸽子吧，假若有人爱听。我的题目《小动物们》，似乎也有加上个"鸽"的必要了。

一九三五年三月

鸟的天堂

巴　金

我们在陈的小学校里吃了晚饭。热气已经退了。太阳落下了山坡，只留下一段灿烂的红霞在天边，在山头，在树梢。

“我们划船去！”陈提议说。我们正站在学校门前池子旁边看山景。

“好。”别的朋友高兴地接口说。

我们走过一段石子路，很快地就到了河边。那里有一个茅草搭的水阁。穿过水阁，在河边两棵大树下我们找到了几只小船。

我们陆续跳在一只船上。一个朋友解开绳子，拿起竹竿一拨，船缓缓地动了，向河中间流去。

三个朋友划着船，我和叶坐在船中望四周的景致。

远远地一座塔耸立在山坡上，许多绿树拥抱着它。在这附近很少有那样的塔，那里就是朋友叶的家乡。

河面很宽，白茫茫的水上没有波浪。船平静地在水面流动。三只桨有规律地在水里拨动。

在一个地方河面窄了。一簇簇的绿叶伸到水面来。树叶绿得可爱。

这是许多棵茂盛的榕树，但是我看不出树干在什么地方。

我说许多棵榕树的时候，我的错误马上就给朋友们纠正了，一个朋友说那里只有一棵榕树，另一个朋友说那里的榕树是两棵。我见过不少的大榕树，但是像这样大的榕树我却是第一次看见。

我们的船渐渐地逼近榕树了。我有了机会看见它的真面目：是一棵大树，有着数不清的桠枝，枝上又生根，有许多根一直垂到地上，进了泥土里。一部分的树枝垂到水面，从远处看，就像一棵大树斜躺在水上一样。

现在正是枝叶繁茂的时节（树上已经结了小小的果子，而且有许多落下来了）。这棵榕树好像在把它的全部生命力展览给我们看。那么多的绿叶，一簇堆在另一簇上面，不留一点缝隙。翠绿的颜色明亮地在我们的眼前闪耀，似乎每一片树叶上都有一个新的生命在颤动，这美丽的南国的树！

船在树下泊了片刻，岸上很湿，我们没有上去。朋友说这里是“鸟的天堂”，有许多只鸟在这棵树上做窝，农民不许人捉它们。我仿佛听见几只鸟扑翅的声音，但是等到我的眼睛注意地看那里时，我却看不见一只鸟的影子。只有无数的树根立在地上，像许多根木桩。地是湿的，大概涨潮时河水常常冲上岸去。“鸟的天堂”里没有一只鸟，我这样想道。船开了。一个朋友拨着船，缓缓地流到河中间去。

在河边田畔的小径里有几棵荔枝树。绿叶丛中垂着累累的红色果子。我们的船就往那里流去。一个朋友拿起桨把船拨进一条小沟。在小径旁边，船停了，我们都跳上了岸。

两个朋友很快地爬到树上去，从树上抛下几枝带叶的荔枝，我同陈和叶三个人站在树下接。等到他们下地以后，我们大家一面吃荔枝，一面走回船上去。

第二天我们划着船到叶的家乡去，就是那个有山有塔的地方。从陈的小学校出发，我们又经过那个“鸟的天堂”。

这一次是在早晨，阳光照在水面上，也照在树梢。一切都显得非常明亮。我们的船也在树下泊了片刻。

起初四周非常清静。后来忽然起了一声鸟叫。朋友陈把手一拍，我们便看见一只大鸟飞起来，接着又看见第二只，第三只。我们继续拍掌。很快地这个树林变得很热闹了。到处都是鸟声，到处都是鸟影。大的、小的、花的、黑的，有的站在枝上叫，有的飞起来，有的在扑翅膀。

我注意地看。我的眼睛真是应接不暇，看清楚这只，又看漏了那只，看见了那只，第三只又飞走了。一只画眉飞了出来，给我们的拍掌声一惊，又飞进树林，站在一根小枝上兴奋地唱着，它的歌声真好听。

“走罢。”叶催我道。

小船向着高塔下面的乡村流去的时候，我还回过头去看留在后面的茂盛的榕树。我有一点留恋，昨天我的眼睛骗了我。“鸟的天堂”的确是小鸟的天堂啊！

一九三三年六月在广州

海燕

郑振铎

乌黑的一身羽毛，光滑漂亮，积伶积俐，加上一双剪刀似的尾巴，一对劲俊轻快的翅膀，凑成了那样可爱的活泼的一只小燕子。当春间二三月，轻飔微微地吹拂着，如毛的细雨无因地由天上洒落着，千条万条的柔柳，齐舒了他们的黄绿的眼，红的白的黄的花，绿的草，绿的树叶，皆如赶赴市集者似的奔聚而来，形成了烂漫无比的春天时，那些小燕子，那么伶俐可爱的小燕子，便也由南方飞来，加入了这个隽妙无比的春景的图画中，为春光平添了许多的生趣。小燕子带了他的双剪似的尾，在微风细雨中，或在阳光满地时，斜飞于旷亮无比的天空之上，唧的一声，已由这里稻田上，飞到了那边的高柳之下了。再几只却隽逸的在潾潾如縠纹的湖面横掠着，小燕子的剪尾或翼尖，偶沾了水面一下，那小圆晕便一圈一圈的荡漾了开去。那边还有飞倦了的几对，闲散的憩息于纤细的电线上——嫩蓝的春天，几支木杆，几痕细线连于杆与杆间，线上是停着几个粗而有致的小黑点，那便是燕子，是多么有趣的一幅图画呀！还有一家家的快乐家庭，他们还特为我们的小燕子备了一个两个小巢，放在厅梁的最高处，假如这家有了一个匾额，那匾后便是小燕子最好的安巢之所。第一年，小燕子来住了，第二年，我们的小燕子，就是去年的一对，他们还要来住。

“燕子归来寻旧垒。”

还是去年的主，还是去年的宾，他们宾主间是如何的融融泄泄呀！偶然的有几家，小燕子却不来光顾，那便很使主人忧戚，他们邀召不到那么隽逸的嘉宾，每以为自己运命的蹇劣呢。

这便是我们故乡的小燕子，可爱的活泼的小燕子，曾使几多的孩子们欢呼着，注意着，沉醉着，曾使几多的农人们市民们忧戚着，或舒怀的指点着，且曾平添了几多的春色，几多的生趣于我们的春天的小燕子！

如今，离家是几千里！离国是几千里！托身于浮宅之上，奔驰于万顷海涛之间，不料却见着我们的小燕子。

这小燕子，便是我们故乡的那一对，两对么？便是我们今春在故乡所见的那一对，两对么？

见了他们，游子们能不引起了，至少是轻烟似的，一缕两缕的乡愁么？

海水是皎洁无比的蔚蓝色，海波是平稳得如春晨的西湖一样，偶有微风，只吹起了绝细绝细的千万个粼粼的小皱纹，这更使照晒于初夏之太阳光之下的、金光灿烂的水面显得温秀可喜。我没有见过那么美的海！天上也是皎洁无比的蔚蓝色，只有几片薄纱似的轻云，平贴于空中，就如一个女郎，穿了绝美的蓝色夏衣，而颈间却围绕了一段绝细绝轻的白纱巾。我没有见过那么美的天空！我们倚在青色的船栏上，默默地望着这绝美的海天；我们一点杂念也没有，我们是被沉醉了，我们是被带入晶天中了。

就在这时，我们的小燕子，二只，三只，四只，在海上出现了。他们仍是隽逸的从容的在海面上斜掠着，如在小湖面上一样；海水被他的似剪的尾与翼尖一打，也仍是连漾了好几圈圆晕。小小的燕子，浩莽的大海，飞着飞着，不会觉得倦么？不会遇着暴风疾雨么？我们真替他们担心呢！

小燕子却从容的憩着了。他们展开了双翼，身子一落，落在海面上了，双翼如浮圈似的支持着体重，活是一只乌黑的小水禽，在随波上下的浮着，又安闲，又舒适。海是他们那么安好的家，我们真是想不到。

在故乡，我们还会想象得到我们的小燕子是这样的一个海上英雄么？

海水仍是平贴无波，许多绝小绝小的海鱼，为我们的船所惊动，群向远处窜去；随了他们飞窜着，水面起了一条条的长痕，正如我们当孩子时之用瓦片打水镖在水面所划起的长痕。这小鱼是我们小燕子的粮食么？

小燕子在海面上斜掠着，浮憩着。他们果是我们故乡的小燕子么？

啊，乡愁呀，如轻烟似的乡愁呀！

鹰之歌

丽　尼

黄昏是美丽的。我忆念着那南方的黄昏。

晚霞如同一片赤红的落叶坠到铺着黄尘的地上，斜阳之下的山冈变成了暗紫，好像是云海之中的礁石。

南方是远远的；南方的黄昏是美丽的。

有一轮红日沐浴着在大海之彼岸；有欢笑着的海水送着夕归的渔船。

南方，遥远而美丽的！

南方是有着榕树的地方，榕树永远是垂着长须，如同一个老人安静地站立，在夕暮之中作着冗长的低语，而将千百年的过去都埋在幻想里了。

晚天是赤红的。公园如同一个废墟。鹰在赤红的天空之中盘旋，作出短促而悠远的歌唱，嘹唳地，清脆地。

鹰是我所爱的。它有着两个强健的翅膀。

鹰的歌声是嘹唳而清脆的，如同一个巨人底口在远天吹出了口哨。而当这口哨一响着的时候，我就忘却我的忧愁而感觉兴奋了。

我有过一个忧愁的故事。每一个年轻的人都会有一个忧愁的故事。

南方是有着太阳和热和火焰的地方。而且，那时，我比现在年轻。

那些年头！啊，那是热情的年头！我们之中，像我们这样大的年纪的人，在那样的年代，谁不曾有过热情的如同火焰一般的生活！谁不曾愿意把生命当作一把柴薪，来加强这正在燃烧的火焰！有一团火焰给人们点燃了，那么美丽地发着光辉，吸引着我们，使我们抛弃了一切其他的希望与幻想，而专一地投身到这火焰中来。

然而，希望，它有时比火星还容易熄灭。对于一个年轻人，只须一个刹那，一整个世界就会从光明变成了黑暗。

我们曾经说过："在火焰之中锻炼着自己。"我们曾经感觉过一切旧的渣滓都会被铲除，而由废墟之中会生长出新的生命，而且相信这一切都是不久就会成就的。

然而，当火焰苦闷地窒息于潮湿的柴草，只有浓烟可以见到的时候，一刹那间，一整个世界就变成黑暗了。

我坐在已经成了废墟的公园看着赤红的晚霞，听着嘹亮而清脆的鹰歌，然而我却如同一个没有路走的孩子，凄然地流下眼泪来了。

"一整个世界变成了黑暗；新的希望是一个艰难的生产。"

鹰在天空中飞翔着了，伸展着两个翅膀，倾侧着，回旋着，作出了短促而悠远的歌声，如同一个信号。我凝望着鹰，想从它的歌声里听出一个珍贵的消息。

"你凝望着鹰么？"她问。

“是的，我望着鹰。”我回答。

她是我的同伴，我三年来的一个伴侣。

“鹰真好，”她沉思地说了，“你可爱鹰?”

“我爱鹰的。”

“鹰是可爱的。鹰有两个强健的翅膀，会飞，飞得高，飞得远，能在黎明里飞，也能在黑夜里飞。你知道鹰是怎样在黑夜里飞的么？是像这样飞的，你瞧。”说着，她展开了两只修长的手臂，旋舞一般地飞着了，是飞得那么天真，飞得那么热情，使她的脸面也现出了夕阳一般的霞彩。

我欢乐地笑了，而感觉了兴奋。

然而，有一次夜晚，这年轻的鹰飞了出去，就没有再看见她飞了回来。一个月以后，在一个黎明，我在那已经成了废墟的公园之中发现了她的被六个枪弹贯穿了的身体，如同一只被猎人从赤红的天空击落了下来的鹰雏，披散了毛发在那里躺着了。那正是她为我展开了手臂而热情地飞过的一块地方。

我忘却了忧愁，而变得在黑暗里感觉兴奋了。

南方是遥远的，但我忆念着那南方的黄昏。

南方是有着鹰歌唱的地方，那嘹唳而清脆的歌声是会使我忘却忧愁而感觉兴奋的。

一九三四年十二月

杜鹃枝上杜鹃啼

周瘦鹃

鸟类中和我最有缘的，要算是杜鹃了。记得四十五年前，我开始写作哀情小说，有一天偶然看到一部清代词人黄韵珊的《帝女花传奇》，那第一折楔子的《满江红》词末一句是“鹃啼瘦”三字，于是给自己取了个笔名“瘦鹃”，从此东涂西抹，沿出至今，倒变成了正式的名号。杜鹃惯作悲啼，甚至啼出血来，从前诗人词客，称之为“天地间愁种子”，鹃而啼瘦，其悲哀可知。可是波兰有支名民歌《小杜鹃》，我虽不知道它的词儿，料想它定然是一片欢愉之声，悦耳动听。

鸟和花虽有连带关系，然而鸟有鸟名，花有花名，几乎没一个是雷同的，唯有杜鹃却是花鸟同名，最为难得。唐代大诗人白乐天，诗曾有“杜鹃花落杜鹃啼”之句；往年亡友马孟容兄给我画杜鹃和杜鹃花，题诗也有“诉尽春愁春不管，杜鹃枝上杜鹃啼”之句，句虽平凡，我却觉得别有情味。

杜鹃有好几个别名，以杜宇、子规、谢豹三个较为习见。据李时珍说：“杜鹃出蜀中，今南方亦有之，状如雀鹞，而色惨黑，赤口有小冠。

春暮即鸣，夜啼达旦，鸣必向北，至夏尤甚，昼夜不止，其声哀切。田家候之，以兴农事。惟食虫蠹，不能为巢，居他巢生子，冬月则藏蛰。”关于杜鹃的一切，这里说得很明白，看它能帮助田家兴农事，食虫蠹，分明是一头益鸟。它的啼声哀切，也许是出于至诚，含有“垂涕而道”的意思，好使田家提高积极性，不要耽误了农事。

杜鹃有一个神话，据说是蜀王杜宇称帝，号望帝，那时荆州有一个死而复生的人，名鳖灵，望帝立以为相。恰逢洪水为灾，民不聊生，鳖灵凿巫山，开三峡，给除了水患。隔了几年，望帝因他功高，就让位于他，号开明氏，自己入西山，隐居修道。死了之后，忽然化为杜鹃，到了春天，总要悲啼起来，使人听了心酸。据说，杜鹃的啼声，是在说“不如归去”。因此诗词中就有不少以此为题材的，如宋代范仲淹诗云：“夜入翠烟啼，昼寻芳树飞；春山无限好，犹道不如归。”康伯可《满江红》词有云：“……镇日叮咛千百遍，只将一句频频说；道不如归去不如归，伤情切。”每逢暮春时节，我的园子里杜鹃花开，常可听得有鸟在叫着“居起、居起”，据说就是杜鹃，“居起”是苏、沪人“归去”的方言，大概四川的杜鹃到了苏州，也变此腔，懒得说普通话了。

西方人似乎爱听杜鹃声，所以波兰有《小杜鹃》歌。西欧各国还有一种杜鹃钟，每到一点钟有一头杜鹃跳出来报时，作“克谷”之声，正与杜鹃的英国名称“Cuckoo”相同，十分有趣。我以为杜鹃声并不悲哀，为什么古人听了要心酸，要断肠，多半是一种心理作用吧？

听鸦叹夕阳

张恨水

北平的故宫、三海和几个公园，以伟大壮丽的建筑，配合了环境，都是全世界上让人陶醉的地方。不用多说，就是故宫前后那些老鸦，也充分带着诗情画意。

在秋深的日子，经过金鳌玉栋桥，看看中南海和北海的宫殿，半隐半显在苍绿的古树中。那北海的琼岛，簇拥了古槐和古柏，其中的黄色琉璃瓦，被偏西的太阳斜照着，闪出一道金光。印度式的白塔，伸入半空，四周围了杈丫的老树干，像怒龙伸爪。这就有千百成群的乌鸦，掠过故宫，掠过湖水，掠过树林，纷纷飞到这琼岛的老树上来。远看是黑纷腾腾，近听是呱呱乱叫，不由你不对了这些东西，发生了怀古之幽情。

若照中国词章家的说法，这乌鸦叫着宫鸦的。很奇怪，当风清日丽的时候，它们不知何往？必须到太阳下山，它们才会到这里来吵闹。若是阴云密布，寒风瑟瑟，便终日在故宫各个高大的老树林里，飞着又叫着。是不是它们最喜欢这阴暗的天气？我们不得而知。也许它们讨厌这阴暗天气，而不断地向人们控诉。我总觉得，在这样的天气下，看到哀鸦乱飞，颇有些古今治乱盛衰之感。真不知道当年出离此深宫的帝后，对于这阴暗黄昏的鸦群作何感想？也许全然无动于衷。

北平深秋的太阳，不免带几分病态。若是夕阳西下，它那金紫色的光线，穿过寂无人声的宫殿，照着红墙绿瓦也好，照着这绿的老树林也好，照着飘零几片残荷的湖淡水也好，它的体态是萧疏的。宫鸦在这里，背着带病色的太阳，三三五五，飞来飞去，便是一个不懂画的人，对了这景象，也会觉得衰败的象征。

一个生命力强的人，自不爱欣赏这病态美。不过在故宫前，看到夕阳，听到鸦声，却会发生一种反省，这反省的印象给予人是有益的。所以当每次经过故宫前后，我都会有种荆棘铜驼的感慨。

伊犁闻鸠

汪曾祺

到伊犁，行装甫卸，正洗着脸，听见斑鸠叫：

“鹁鸪鸪——咕，

“鹁鸪鸪——咕……”

这引动了我的一点乡情。

我有很多年没有听见斑鸠叫了。

我的家乡是有很多斑鸠的。我家荒废的后园的一棵树上，住着一对斑鸠。“天将雨，鸠唤归”，到了浓阴将雨的天气，就听见斑鸠叫，叫得很急切：

“鹁鸪鸪，鹁鸪鸪，鹁鸪鸪……”

斑鸠在叫他的媳妇哩。

到了积雨将晴，又听见斑鸠叫，叫得很懒散：

“鹁鸪鸪——咕！”

“鹁鸪鸪——咕！”

单声叫雨，双声叫晴。这是双声，是斑鸠的媳妇回来啦。“——咕”，这是媳妇在应答。

是不是这样呢？我一直没有踏着挂着雨珠的青草去循声观察过。然而凭着鸠声的单双以占阴晴，似乎很灵验。我小时常常在将雨或将晴的天气里，谛听着鸣鸠，心里又快乐又忧愁，凄凄凉凉的，凄凉得那么甜美。

我的童年的鸠声啊。

昆明似乎应该有斑鸠，然而我没有听鸠的印象。

上海没有斑鸠。

我在北京住了多年，没有听过斑鸠叫。

张家口没有斑鸠。

我在伊犁，在祖国的西北边疆，听见斑鸠叫了。

“鹁鸪鸪——咕，

“鹁鸪鸪——咕……”

伊犁的鸠声似乎比我的故乡的要低沉一些，苍老一些。

有鸠声处，必多雨，且多大树。鸣鸠多藏于深树间。伊犁多雨。伊犁在全新疆是少有的雨多的地方。伊犁的树很多。我所住的伊犁宾馆，原是苏联领事馆，大树很多，青皮杨多合抱者。

伊犁很美。

洪亮吉《伊犁记事诗》云：

> 鹁鸪啼处却春风，
> 宛与江南气候同。

注意到伊犁的鸠声的，不是我一个人。

鹤

陆　蠡

在朔风扫过市区之后，顷刻间天地便变了颜色。虫僵叶落，草偃泉枯，人们都换上臃肿的棉衣，季候已是冬令了。友人去后的寒瑟的夜晚，在无火的房中独坐，用衣襟裹住自己的脚，翻阅着插图本的《互助论》，原是消遣时光的意思。在第一章的末尾，读到称赞鹤的话，说是鹤是极聪明极有情感的动物，说是鸟类中除了鹦鹉以外，没有比鹤更有亲热更可爱的了，“鹤不把人类看作是它的主人，只认为它们的朋友”，等等，遂使我忆起幼年豢鹤的故事。眼前的书页便仿佛变成了透明，就中看到湮没在久远的年代中的模糊的我幼时自己的容貌，不知不觉间凭案回想起来，把眼前的书本，推送到书桌的一个角上去了。

那是约莫十七八年以前，也是一个初冬的薄暮，弟弟气喘吁吁地从外边跑进来，告诉我邻哥儿捉得一只鸟，长脚尖喙，头有缨冠，羽毛洁白，“大概是白鹤吧”，他说。他的推测是根据书本上和商标上的图画，还掺加一些想象的成分。我们从未见过白鹤，但是对于鹤的品性似乎非常明了：鹤是清高的动物，鹤是长寿的动物，鹤是能唳的动物，鹤是善舞的动物，鹤象征正直，鹤象征涓洁，鹤象征疏放，鹤象征淡泊……鹤是隐士的伴侣，帝王之尊所不能屈的……我不知道这一大堆的概念从何而来。人们往往似乎很熟知一件事物，却又不认识它。如果我们对日常的事情加以留意，像这样的例子也是常有的。

我和弟弟赶忙跑到邻家去，要看看这不幸的鹤，不知怎的会从云霄跌下，落到俗人竖子的手中，遭受他们的窘辱。当我们看见它的时候，它的脚上系了一条粗绳，被一个孩子牵在手中，翅膀上殷然有一滴血痕，染在白色的羽毛上。他们告诉我这是枪伤，这当然是不幸的原因了。它的羽毛已被孩子们翻得凌乱，在苍茫夜色中显得非常洁白。瞧它那种耿介不屈的样子，一任孩子们挑逗，一动也不动，我们立刻便寄与很大的同情。我便请求他们把它交给我们豢养，答应他们随时可以到我家里观看，只要不伤害它。大概他们玩得厌了，便毫不为难地应允了。

我们兴高采烈地把受伤的鸟抱回来，放在院子里。它的左翼已经受伤，不能飞翔。我们解开系在它足上的缚，让它自由行走。复拿水和饭粒放在它的面前。看它不饮不食，料是惊魂未定，所以便叫跟来的孩子们跑开，让它孤独地留在院子里。野鸟是惯于露宿的，用不着住在屋子里，这样省事不少。

第二天一早，我们便起来观看这成为我们豢养的鸟。它的样子确相当漂亮，瘦长的脚，走起路来大模大样，像个“宰相步”。身上洁白的羽毛，早晨来它用嘴统身搜剔一遍，已相当齐整。它的头上有一簇缨毛，略带黄色，尾部很短。只是老是缩着头颈，有时站在左脚上，有时站在右脚上，有时站在两只脚上，用金红色的眼睛斜看着人。

昨晚放在盂里的水和饭粒，仍是原封不动，我们担心它早就饿了。这时我们遇到一个大的难题：“鹤是吃什么的呢？”人们都不知道。书本上也不曾提起，鹤是怎样豢养的。偶在什么器皿上，看到鹤衔芝草的图画。芝草是神话上的仙草，有否这种东西固然难定，既然是草类，那么鹤是吃植物的吧。以前山村隐逸人家，家无长物，除了五谷之外，用什么来喂鹤呢？那么吃五谷是无疑的了。我们试把各色各样的谷类放在它跟前，它一概置之不顾，这使得我们为难起来了。

“从它的长脚着想，它应当是吃鱼的。”我忽然悟到长脚宜于涉水。正如食肉鸟生着利爪，而食谷类的鸟则仅有短爪和短小活泼的身材，像它这样躯体臃肿长脚尖喙是宜于站在水滨，啄食游鱼的。听说鹤能吃蛇，这也是吃动物的一个佐证。弟弟也赞同我的意见，于是我们一同到溪边捉鱼去。捉大鱼不很容易，捉小鱼是颇有经验的。只要拿麸皮或饭粒之类，放在一个竹篮或筛子里，再加一两根肉骨头，沉入水中，等到鱼游进来，缓缓提出水面就行。不上一个钟头，我们已经捉了许多小鱼回家。我们把鱼放在它前面，看它仍是趑趄踌躇，便捉住它，拿一尾鱼喂进去。看它一直咽下，并没有显出不舒服，知道我们的猜想是对的了，便高兴得了不得。而更可喜的，是隔了不久以后，它自动到水盂里捞鱼来吃了。

从此我和弟弟的生活便专于捉鱼饲鹤了。我们从溪边到池边，用鱼篓，用鱼兜，用网，用钓，用弶，用各种方法捉鱼。它渐渐和我们亲近，见我们进来的时候，便拐着长脚走拢来，向我们乞食。它的住处也从院子里搬到园里。我们在那里掘了一个水潭，复种些水草之类，每次捉得鱼来，便投入其间。我们天天看它饮啄，搜剔羽毛。我们时常约邻家的孩子来看我们的白鹤，向他们讲些“鹤乘轩”“梅妻鹤子”的故事。受了父亲过分称誉隐逸者流的影响，羡慕清高的心思是有的，养鹤不过是其一端罢了。

我们的鹤养得相当时日，它的羽毛渐渐光泽起来，翅膀的伤痕也渐渐平复，并且比初捉来时似乎胖了些。这在它得到了安闲，而我们却从游戏变成工作，由快乐转入苦恼了。我们每天必得捉多少鱼来。从家里拿出麸皮和饭粒去，往往挨母亲的叱骂，有时把鹤弄到屋子里，撒下满地的粪，便成为叱责的理由。祖父恐吓着把我们连鹤一道赶出屋子去。而最使人苦恼的，便是溪里的鱼也愈来愈乖，不肯上当，钓啦，弶啦，什么都不行。而鹤的胃口却愈来愈大，有多少吃多少，叫人供应不及了。

我们把鹤带到水边去，意思是叫它自己拿出本能，捉鱼来吃。并且，多久不见清澈的流水了，在它里面照照自己的容颜应该是欢喜的。可是，这并不然。它已懒于向水里伸嘴了。只是靠近我们站着。当我们回家的时候，也蹦跳着跟回来。它简直是有了依赖心，习于安逸的生活了。

我们始终不曾听到它长唳一声，或做起舞的姿势。它的翅膀虽已痊愈，可是并没有飞他去的意思。一天舅父到我家里，在园中看到我们豢养着的鹤，他皱皱眉头说道：

“把这长脚鹭鸶养在这里干什么？”

“什么，长脚鹭鸶？”我惊讶地问。

“是的。长脚鹭鸶，书上称为‘白鹭’的。唐诗里‘一行白鹭上青天’的白鹭。”

“白鹭！”啊！我的鹤！

到这时候我才想到它怪爱吃鱼的理由，原来是水边的鹭啊！我失望而且懊丧了。我的虚荣受了欺骗。我的“清高”，我的“风雅”，都随同鹤变成了鹭，成为可笑的题材了。舅父接着说：

“鹭肉怪腥臭，又不好吃的。”

懊丧转为恼怒，我于是决定把这骗人的食客逐出，把假充的隐士赶走。我拳足交加地高声逐它。它不解我的感情的突变，徘徊瞻顾，不肯离开。我拿竹帘打它，打在它洁白的羽毛上，它才带飞带跳地逃走。我把它一直赶到很远，到看不见自己的园子的地方为止。我整天都不快活，我怀着恶劣的心情睡过了这冬夜的长宵。

次晨踏进园子的时候，被逐的食客依然宿在原处。好像忘了昨天的鞭挞，见我走近时依然做出亲热样子。这益发触了我的恼怒。我把它捉住，越过溪水，穿过溪水对岸的松林，复渡过松林前面的溪水，把它放在沙滩上，自己迅速回来。心想松林遮断了视线，它一定认不得原路跟踪回来的。果然以后几天内园子内便少了这位贵客了。我们从此少了一件工作，便清闲快乐起来。

几天后路过一个猎人，他的枪杆上挂着一头长脚鸟。我一眼便认得是我们曾经豢养的鹭，我跑上前去细看，果然是的。这回子弹打中了头颈，已经死了。它的左翼上赫然有着结痂的创疤。我忽然难受起来，问道：

“你的长脚鹭鸶是哪里打来的？”

“就在那松林前面的溪边上。”

“鹭鸶肉是腥臭的，你打它干什么？”

“我不过玩玩罢了。”

“是飞着打还是站着的时候打的？”

“是走着的时候打的。它看到我的时候，不但不怕，还拍着翅膀向我走近哩。”

“因为我养过它，所以不怕人。”

“真的么？”

“它左翼上还有一个伤疤，我认得的。”

“那么给你好了。”他卸下枪端的鸟。

“不要，我要活的。”

“胡说，死了还会再活么？”他又把它挂回枪头。

我似乎觉得鼻子有点发酸，便回头奔回家去。恍惚中我好像看见那只白鹭，被弃在沙滩上，日日等候它的主人，不忍他去。看见有人来了，迎上前去，但它所接受的不是一尾鱼而是一颗子弹。因之我想到鹭也是有感情的动物。以鹤的身份被豢养，以鹭的身份被驱逐，我有点不公平吧。

谈鸟

许君远

我常常征引哈德森（W. H. Hudson）的《绿厦》(*Green Mansions*)，却不曾一次提到他另外几种本行的杰作，而《鸟与人》《不列颠的鸟》《拉普拉塔的鸟》(*Birds of La Plata*）全是非常有趣的书。哈德森是一位博物学家，生在南美，长在美国，《绿厦》的背景就是南美森林，女主角只能操似可解而不可解的鸟语，飘忽于宇宙间。他不只是把鸟"人化"(Personify)，真是把它"仙化"了。

"花香鸟语"是一个快人的境界，往年在故都，坐在中山公园的芍药丛中，松林阵阵传来"行不得也哥哥"，大地充满着春的召唤，当时你会感到宇宙无穷，人生的前途无限。那启示非常伟大，宛然如阅读哈德森的著作。

鸟语是天然的音乐，除了乌鸦和猫头鹰，几乎都能啭出一些抑扬顿挫的节奏。音乐使人陶醉，鸟语也使人陶醉，如果没有鸟，那该是一个多么死寂的世界！然而也竟有闺中少妇，主张"打起黄莺儿，莫教枝上啼"，你该原谅她：原因是她只留意于晨梦，却忘掉鸟给她带来春之消息，忘掉“流莺有情亦念我，柳边尽日啼春风”。

古今中外的诗歌中很多关于鸟的礼赞，《金库诗存》(*Golden Treasury*)开卷第一章奈士（T.Nash）的《春》，便用鸟声渲染春的颜色，味的悠扬，谁不一唱三叹？黄鹂杜鹃也是春意浓厚的鸟，杜子美的“映阶碧草自春色，隔叶黄鹂空好音”，李商隐的“庄周晓梦迷蝴蝶，望帝春心托杜鹃”，都是名句。《聊斋志异》的《林四娘》，故事虽亦平凡，但是女主角却留给陈先生一首好诗，“闲看殿宇封乔木，泣望君王化杜鹃”，读起来比唐人句还凄婉。民间流传着许多关于杜鹃的传说。如果稍加组织，便是堪与希腊神话相比美的故事。

云雀夜莺在英国诗歌里最为习见，莎士比亚的《罗密欧与朱丽叶》的私婚一场，一对儿情深似海，恩爱无边，然而夜太短暂，晨光上窗，云雀在唱。对于朱丽叶这刑罚太苛酷了，“也许是月色微茫，也许是夜莺奏曲？”——都不是，分手的时期到了，他们也不曾想到那竟会成为永久的分手。夜莺叫尽了五更，云雀报告了天晓，它们虽然是英雄美人的催命符，却成为后世诗人怀念的对象。

云雀夜莺最相当于黄鹂杜鹃，鸟所给予诗人的灵感，中外殊无二致。只是我对于鸟的知识过于浅薄，写“鸟与人”一类的著作，对于我显然是过分的奢望了。

尽管如此，我非常爱鸟。我的“爱”是广义的“爱”，绝不是希望像一般人必以把一只活泼的生物关在笼子里面为满足。大观园里的鹦鹉能够背诵林黛玉的《葬花词》，固然是一种韵事，但是为了防范它走漏消息，必须“偷移鹦母情先觉”，毕竟太费心思，而且没有饲养经验的人，也徒使禽鸟受苦，如遇不幸，并且引起不能开解的伤感。童年在北国乡间，最喜欢同弟弟一块儿养小麻雀，趁它黄口羽毛未丰，从房椽砖缝里取下，喂小米，喂蚱蜢和草虫，半月以后它便同你形影不离，飞在你的头上，飞在你的腕端，翅膀扑拍不休，张着口唧唧索食。驯顺到这种程度能给你最大安慰，最能博取小伙伴们的赞美。不过，像这情形我仅有两次，而两只驯鸟都被我的黑猫吃掉，我哭嚎了好几天，黑猫也受到严厉的惩罚，一次我还把它从房顶摔到地下，腿拐了很久。

弟弟的一只喜鹊养了几乎两月，从雏鹊长到成鹊，白天常在葡萄架上栖身，见了家人便扑到肩上，见了生人则吱咤不休。堂姐到我家做针线，竟被它啄乱了头发，虽然她因为受了欺负流泪，我同弟弟反而鼓掌大笑，得意喜鹊的勇敢。一天它不见了，晚上才发现溺死在天井的水缸里，大概是因为喝水而落水，捞上来一只落汤鸡，委实令人凄然。前些时大女孩子拿到家里一只类似麻雀的小鸟，性情非常婉善，半天的工夫就知道抖擞着翅膀张口索食。邻家女仆说那是斑鸠，不过我想斑鸠不会那么小。我给它架好一根横木，插在墙上，未用绳索。孩子生怕耗子拖走，要我置鸟笼子，当时漫然置之。不料第三天夜里，木架忽然空空，孩子们一齐动员寻找，鸟的死尸横躺在椅子下面，显然是小狗淘气的结果。大孩子哭了，拼命打狗，哭声、狗的汪汪声、妈妈的呵斥声响作一片，我则默然地坐着，注视这一幕童年悲剧的翻演。心里很难过，感触流光的消逝，同时也后悔对小鸟未能加意护持，以致自食恶果。

燕子在北国同麻雀一样多见，我还记得祖父给我讲过的燕子故事。他说，一位寡妇离群索居，梁上栖止着一双燕子，春来秋去，主客十分相得。但是忽然春天飞来一只恶鸟，将雄燕抓毙，只剩一只孤燕，加重了主人身世之感。她愈发注意它的安全，甚至把它召下来抚抱，并且给它脚上系上一条红丝，作为友情的标志。第二年它依然飞还，而每逢春季之交，主人便满怀希望它归来，她觉得生活虽然空洞，尚有燕子成为她的精神伴侣。密切的友谊维持了很久，忽然那一年燕子绝迹不至，那位青年少妇由春盼到夏，由夏盼到冬，生命的光辉逐渐暗淡，她抵抗不过冬天的沉寂，恹恹然而病，郁郁然而死。祖父有诗："开到荼蘼春已暮，美人频念燕归来。"即咏此事。

祖父故事的主旨不在讲述少妇多情，而是要说明燕子的灵性，不让孩子们去伤害它。家中正房的梁上常保留着燕子的泥巢，每逢乳燕失足堕地，祖父总是让长工搬梯子把它送还，孩子们想把玩它一下全没机会。我对燕子从此牢牢地保持有一种敬畏的信念，以后涉读骚人墨客吟咏燕子的篇章，也总是特别体会到它的趣味。燕子最堪入诗，像"无可奈何花落去，似曾相识燕归来"，咏的是儿女柔情；像"旧时王谢堂前燕，飞入寻常百姓家"，则又在太息兴亡，缅怀往日，最坏的比喻是"燕雀处堂"，把燕子与麻雀相提并论，我真为灵鸟叫屈。

称燕子为"灵鸟"并不过分，《玄中记》说"千岁之燕户北向"；《续异记》载："孙氏妻黄氏，忽见一童子在前，以钗掷之，跃入云去。夜间户外歌曰：昔填夏家冢，辇泥头欲秃，今寄黄氏居，非意伤我目。及寻觅巢中，得一白燕，其目果伤。"其实不只燕子，任何禽鸟都足以成为文学家的幻想的对象，西洋童话，和中国《述异记》一类的神话，有不少篇鸟的故事。《聊斋志异》的《阿英》《阿宝》《竹青》《鸲鹆》尤其逼近哈德森描写的门路。在中国诗词里有一种为人世所不习见的“青鸟”，它为西王母做信使，诗人偏信它能够传递情书，成全男女好事。比利时戏剧家梅特林克也以它为题材，写成一本不朽的名著，用它象征希望，象征幸福。

昼长人静，有林黛玉坐潇湘馆之感。长林内杜宇声声，连唱“不如归去”，记得戴昺有词：“不如归去，不如归去，千山万水家乡路。”真正道出我的怀乡心思，便试写《谈鸟》。客中无书参考，文章自然是非常浅薄的。

一九四四年九月

鸽的悲哀

陈翔鹤

驯美的白鸽儿
来自神的身旁，
它们引示我翘望着
迷濛的故乡。

——自冯至的《昨日之歌》中

去年因为“时局”的关系——举凡中国国土在地图上变了颜色，或全世界的国旗完全改样，在我都通谓之“时局”——我曾经在友人H君的家里寄居过半年，固然，历年来所日夜渴望着的消闲生活总算是得到了，然而因为“心的藩篱”尚依然未能如愿地跨越过来的缘故，因而在自己内心所有着的，却还是乐少苦多。不过以之比于早出晚归，日夜为俗务劳力劳心，就是礼拜日也很难以得到闲暇时间的友人H君，自己总不能不说是较胜一筹了。所以每当他黄昏时弄得满身“尘劳”地从外面跑了回来，而自己差不多常是不胜怜爱之感地想要去问问他：“你现在要在什么时候才能有充分工夫，去望一望你平日所深自赞赏着的高高天空呢？”然而为着避免惹人愁思起见，像这样的问题，也常是溜到嘴边，终于不曾说了出来。不过所谓“生活的密钥”者，在每一个较有内心生活的人，大约总不免会人手一把的。譬如说，如像自己那样，无论在自己的心里是怎样地沉重而且忧伤，但若果于院子里，偶尔见得有两个小猫，在阳光中缩头伸足地厮打，或者凑巧地触目于居停主人的小孩的笑靥上，有两只小而晶圆的眼睛在那里眯动时，而从自己的心底里，所陡然掀起的一种难以自止的欢欣，恐怕是谁也难以想象的吧？因而H君之是否于秘密中，独自一人，能以比从前更深切地以从事于他平时不愿去逛公园而只愿每日得有一小刻的时间向天空遥望便算满足的主张，那更也是非外人所可测度的了。

说到此地，现在更有一种秘密是在自己心里蕴藏着的：这即是每当清晨起来，都自会有一大阵嘹亮的鸽子们的哨声，从H君院子里的天空中传了下来；而且为了这哨声，自己总不免要登时跑了出来，向着天空呆看，呆看，一直以到看不见它们的形影时，才肯罢休。是的，那一种由它们而引起的飘渺的纤细的哀愁的圈环，除去我自己一人而外，更还有谁能在此范围内呢。看，起初是一只两只的，从隔壁屋上竖有标杆的人家飞起了，然后一小群，一大群的起来追随着。鸽儿们是在距屋脊不远的地方画着圆圈，羽翅扑扑地拍扇着，从腹部处看来，好像每个都是一律纯白色，只有一小点一小层的灰色或深灰色的形影，可以从它们头背间隐隐地分辨得出。再就是从一个一个的圆圈，已逐渐上升，一直以至于秋空中，那清朗得渺无片云的秋空中为止；接着，哨声也就随之而愈加响亮了。

鸽儿们是这般地飞着，飞着，如游戏一般地自由自在地飞着，再经过一霎时的工夫之后，眼见得一小堆一小堆的密簇黑点，便渐渐地由清朗而变得渺小了起来。有时候它们更好像正向着日轮的光圈竞逐似的，甚而高升以到若有若无之间，令人望去不觉目为之眩，而所余得的便有一小阵一小阵隐约无常的哨声犹在人耳边响着罢了。是的，更有谁能以计算呢，它们的圆圈正是画在了时间的轮轴以外的，而我也就是这般地对着它们微笑着了。而且这微笑也正同于我正当童年期，每天早晨起来所瞧望着它们高飞时是一般无二的；是的，这真有多么幸福啊，欣喜、飘渺、高举、期待，以至于忘情。

计算起来，大约这已经是自从父亲的喧嚣的办公处的后屋，以搬移到我们新居来，一半年以后的事了。那时在我自己，自然一切全都照旧：父亲的峻急，课读的重压，无事时不许出大门一步的严规，与乎因缺乏伴侣，而至于厌厌无生气地，以感到并不希望再有明天的那种生活孤寂的痛苦；这一切全都照旧，只一让那种迷漫无际的、平静而更兼寒冷的、令人可怕的灰颓的家庭空气，来将自己的弱小灵魂日渐浸溶下去。不过到现在亦稍有不同之点，这即是由小屋以换成大厦，而自己也更在一间很为宽阔的书房内占有一个位置罢了。

并且这房屋的所有者与设计者，又更是出于一位具有事业狂的野心家的手中——父亲的一位好友——所以那住宅，在本城内，当时是很以新奇怪诞著名。因为在里面，从书斋以通到上房的过道间，既有着一间如摄影室般全用玻璃来盖成的小屋，而天井的面积又复特别宽大，除了能以容下一个长约八尺以上的纯用整块石头来造成的鱼缸和十多个木花盆架以外，还能留有令人从容散步的余地。这些全都是当地所未曾前有，而且也是让人传为笑柄的主因。然而就仅仅这一点，在当时又是何等的使得自己欢跃啊。天地已经是比从前宽阔得多了，行动自然也比之前容与一些。所以自己每到寂寞得难以忍受时，差不多总是这样的，从书斋跑到上房，或者从幽静得至于举动都毫无声息的母亲的身旁，跑到敞亮的堂屋里，或者一直跑到天井内的鱼缸侧近，在那里呆立着，至于一点或两点钟之久。因为在那水中央的一座布遍了绿苔的石山之上，是长着有一棵周年常青的小橘树！而且水又是那般的清澈啊，清澈得可以一直以望到底里去。又从缸的周围里，更满布着有一层蒙茸的绿苔，看起来令人觉得十分青翠可爱。而就在这碧绿的绿苔和纤细的苔藻中间，又常常有着一小串一小串的如珍珠般明亮的水珠，在那里停留着，并且那仅有的十来尾小鱼，也就将此地当作了它们的散步处所。它们有时是在那里鳃口一开一阖的极消闲地游泳着，有时又忽然彼此互相追逐了起来，一直沉没到底里。观察着这些是很可以将自己的寂寞时光消磨过去半天的，何况这寂寞又是属有加无减呢！所以正同于一般倦于人生的长途的旅客们所说过的一样，那所谓“俨然有江湖之思”“山林之感”者，在此时的自己，虽然尚在童年，但也可以说是味尝到一点了吧。

此外，在当时，聘请来专门督责自己和一个七岁小弟弟读书的塾师，王先生，却幸而倒是一位豁达有度的古君子，不然，若是那课读的重量，依然与父亲的一般无二，那生活的重压，恐怕就是再也难以容忍的了。他，塾师，除了照例的为我们圈圈字和讲讲书而外——那时为我所讲的，大约不外《古文观止》《纲鉴易知录》一类的东西——对于其他的一切，差不多常是睁只眼闭只眼的，不大爱管闲事。而且每到晚间来，他的于微醉后所发出来的清朗的读诗声，又是何等的沁人心脾啊。所以若是能以逃出父亲的严峻锐眼的话，就纵然显得寂寞一点，但这种生活，却倒是宁静而且平滑，容易过去的。不过父亲的“锐眼”，又怎能以逃脱过去呢？那就除非当晚已经听得他有泡细莘水喝和命令厨师明晨煮稀饭吃的良好消息的到来不可了。因为，由此便可以推测到，他是由于伤风，而明晨一定会起来很晚；而且起来后，也是不大爱去追问任何事情的。大约就在像这样的深秋时的预测到父亲定然晚起的某一早晨里，于是我就同我的那位厨师朋友，私自跑到了菜市，而且无意间，对于鸽儿们开始有着熟识的机会了。自然，这完全是用他的丰富常识之一来作为指导的。他，这一个已经越过了中年，而微微带点狡猾性的，由于各种生活的经验，以至于懂得许多许多稀奇种类玩意的厨师，在他幼小时，或许亦曾做过一些时鸽的醉迷者，亦说不一定的吧？不然，他也就对于它们，不会如此熟习的了。我只记得，在当时，自己是这般迷迷糊糊地，带了两只灰色的鸽儿回到家里来。

从此以后，在屋檐下和南墙根的底下，用木煤油桶来做成的鸽笼，不觉已一层一层地逐渐增高，而鸽的只数，一天一天地繁殖起来了。“养鸽来到闲暇时玩玩是可以的，不过不要因此便耽误了正业才好！”猛记得父亲每当看见自己在经理着鸽的事务时，总不免要用着带有教训式的口吻，像这样的说。其实在我看来，他老人家自己之喜爱鸽儿的程度，恐怕也不在于我自己之下呢。因为当他每次站立在鸽笼的面前时，在他面上，总免不掉是要带着一种欣赏的微笑的，而且“谷谷——谷谷——”的唤鸽声，也时常忘形似的，从他口中呼叫了出来。

如像这样“通了天”的事情，还有什么可说呢；用“寂寞”和“娱情”来作为比例，两两相需，我自己的情感，除了一天一天地对于鸽儿们愈加挚爱，愈加亲近，愈加专注而外，还有什么可说呢。因此每三六九日的鸽的市集上，也有了自己的踪迹了，而对于鸽的品格上和特点上的认识，从此日渐的也有了充分的明了了。什么凤头毛脚、铁嘴白砂，以及毛色有银灰瓦灰之分，眼睛有白砂、大红砂、水红砂之别；若是既为瓦灰铁嘴，又于白砂之兼有“走砂”者，那更是于上品中而又属上品的了。再其次，则尚有被人称为“剿鸽”(剿读如绞）的一种；自然，若果不是出你自己亲眼得见时，又有谁肯轻于相信呢。不过即如上述的那种类似神奇的小小生物，在自己的经验中，也确实是曾亲手经历过一两次的。而且这两次，又都是同属一物。时间，第一次为两月，第二次为半年。若是依照着寻常鸽类的习性，在经过如此长久的——而尤其是末尾的一次——剪去了羽翼的豢养和训练，无论如何，总该因习新忘旧而驯善了吧，然而不，这一个老是孤独着，虽然用尽了方法，亦不肯去同异性接触的小动物（素常，若果买来的新鸽为单只时，只消一给它配上，再经过一两个月的时间，则大约是不会再成问题的了)，设若一得有自由的机会时，它仍旧是要立即飞走的；而且每次飞走时，又都不免要带两三只同伴一同逃走。自从它第二次飞走以后，大约还未经过有一月之久吧，而说也奇怪，它是又被装入它旧主人的笼子里，而在鸽的市集中出现了。当我很惊诧而且气愤地走了过去，申明着说我再需要将它买回去时，于是它的主人，那一个靠近郊居住，专倚卖鸽为生的老头，便哀恳似的，向着自己这样的告饶了："少爷，请你做点好事吧，不要因为一时气愤，便起下不良之心。我知道你很生气想要买过去杀掉它。不过这有什么法子可想呢，它生来就是这样，孤单的一个，自从它原对死掉后就一直不肯再配。而且除掉它落草的地方而外，恐怕无论谁都是不曾再将它养驯的。不用说一年半载，就三年五年，其结果恐怕也是一样。而且这又怎能怪我呢，它只认得它生长的地方，而不认得谁是它良好的主人，我是只能卖给你它的身，而不能卖给你它的心的。譬如说，若是我一搬家走时，你以为它会同我一同跟去的吗，不，决不，这是决不可能的，其原因，它是认不得谁是它的主人的。少爷，这话你懂了吧，请你做做好事吧。若是你需要别的对子的话，无论多少，我都可以给你，不过这只却不，决不！好吧，现在就在这笼子里，任凭你挑选吧，要哪对给哪对，不取分文。"

这以上便算是那一只被人很神秘地称为"剿鸽"的结局。而且在这里，更足以使我们引为惊异的，即是若以外表而论，它实在是只极平常极平常，丑陋得几乎不能合格的小东西。固然，就像它那样颜色既非灰非黑，而眼内的淡红色砂粒，又复不匀不均的奇特状貌，在一个内行者，除了凑巧的随便将它买了回去，更还有什么地方可以值得人去加以注意呢？若是非说出它的特征来不可，那就除去了它那种昂着头，时时作出傲岸和深思的姿势而外，便没有别的可以让人惊奇的地方了。

而且依照着惯例来说，鸽的生殖力，大约系每半月一下卵，再半月一出雏——自然愈有品格的鸽，也愈例外，甚至一年半载亦不下卵一次，也是常有的——就像这样生生不息、循环不已的过了下去，日久之后，粮食也就不能不成为一个问题了。犹记得起初每日只需杂粮一“合”（约一升四分之一）即行，后来半升，更往后每次就非有一整升之量不可了。而且这些恋家最甚的小动物，即使饥饿一点，也依旧是盈檐满梁，不肯遽尔飞去的。因此而遭母亲的反对，和用人们的嫌厌（为的是它们时常粪污了正洗晒着的衣裳），也曾有过，或者被邻居们的诱擒或杀食，亦不在少数。不过无论如何，每当清早起来，于喂食之后，只消从花盆里拾起一小块泥团来，向房上一投去，那种一大群密簇的生物，便一齐的向天空中盘旋着飞去的壮观，总不能不说是令人神往啊！而且那飞得最快最高的，又正是自己平时所最喜爱和认为最特出的几只。到飞得愈高的时候，而哨筒声也愈加嘹亮地震响了起来，“嗡嗡”或“瓮瓮”，从这种种不同的音调中，已可以将何者为长方形的，何者为椭圆形的哨筒声音，完全分辨得出；因而，长方形的带有者为铁嘴白砂的某对，椭圆形带有者为凤头鹰嘴的某对，即使不用睁开眼睛向天上望去，也是可以从悬想中想象得之的。

“嗡嗡——”，“嗡嗡——”，鸽儿是从天空中慢慢下旋，更斜斜地向天东边沉没下去，以至沉没得渺无踪影了。这即表明着，它们必定是正向着城外的真武山的山腰往下住落。若是再往西南角一拐呢，那便是曾经以香火著名的龙岩寺的山顶了。于是，那正在守望着它们的主人的心，不禁也随着它们，忽东忽西、忽远忽近的，向着那藏密的山林和萧旷的田野间飞驰去了。鸽为什么能有这样的自由？人为什么就不能有翅子，像它们那样的自由飞去呢？是的，这有多么可悲啊，为着那些在自己想望之中的，高旷的天空、碧绿的田野，和与此正恰恰相反的，在书案上所堆积着的比自己的头顶还要高出一格以去的，每天皆必须被背诵、被考问过一遍的重压的书籍，以及父亲的严厉得赛过冰霜的眼光；鸽呢，是这般自由，而自己呢，岁月却又那般的阴暗而且悠长，用此两两相比，人果不如物吗？这在自己，真不知是要如何才能述说出自己的悲哀来了。

“若果能飞，那岂不一切都可从此解决了吗？——而自己又正是那般的需要飞去的：从这狭的笼中，飞到天空，飞到碧的水边、绿的田野之下，纵使冻馁而死，也是甘心的。不回呀，永不回来，纵至死也永不回来！”实在的，就像这样的自己于悲苦寂寞得无可自解时，便如此幻想着和渴求着，真也不知有过几多次了。

是的，可怜那些从小便做着城市奴隶，而永远是那样的渴想着那土的和草的香，以及旷野间自由的风与自由的雨的人们！

不过一说到厄运，鸽也有它自己的不可避免的一种的。只消一看见它们从屋脊上，如狂风扫荡落叶般的扑乱惊起，以至于零落得不能成对时，那便可以料想到，必定是有一只或两只鹰鹞之类在向它们加以袭击了。然而它们的真正劲敌，并不是鹰，而是属于鹞这一种：因为鹰的袭击，只不过蓦然一试罢了，是很少能以成功的，至于鹞类，可就完全异样了，由于它们的矫健和对于捕获物追逐时的久久不舍，所以自经它们一击之后，必定有一两只可怜者，是常常会作为它们的牺牲品的。而且无疑，这又必定是属于平时被视为过于平庸而飞腾得较慢的一种了。不过正当着它们彼此间互相搏击逃亡之顷，那种情境，看起来，又是多么的足以使人觉得惊心动魄呢。鸽儿们，有的往上飞，有的往下沉，而鹞子，则在它们群簇中，时高时低的、东西南北的胡乱追逐着。但那往上飞腾得最快的，多数为举动较为敏捷，而且平时被人视为杰出的某几只。它们也正同于一般健壮的斗士们一样，是专喜爱去同敌人们挑战或逗引的，所以它们常是不断地在它们敌人的面前飞翔着。但又有时高、有时低，忽前忽后，忽左忽右的变化莫测，而且更来去自如，以至于使得对方不觉目为之眩，翅为之软；有时甚或使它们完全失去袭击目标，追这只也不是，追那只也不是，而结果竟至毫无所得地颓然退去。

既到事变一经过去之后，依照习惯，鸽儿们是必定会慢慢地从房上降落到它们鸽笼上面的。自然有的依旧是喘息不已，惊魂未定的，四面八方的张皇着和战栗着，而有的则已经“谷谷——谷谷——”不已的，独自自鸣得意着，在那里转圈似的，对它异性的同伴们鸣吼着了。固然，所谓“强健”“胜利”“骄傲”和“可爱”，这四者，上帝自会将它们连合在一起的。

此外，尚有可以测度鸽的品格的高下者，这即是于“放久”之外，更有“放远”的一种了。通常，凡飞翔不出十里者，名为“菜鸽”，四十里以上者列中等，从六十以至八十、九十、一百者，列上等，过百五十里以外者，入上上等。犹记得，在自己当时所有的鸽群内，差可列入上等的，大约尚不下八九只之多，至所谓上上等者，则于许久许久经历之后，仍不过属于一种幻想罢了。

“呀，鸽回来了，看看它们的脚上有布条没有？”这是母亲于曾经听见有托人放鸽的消息之后，而看见从天空中高高的有鸽儿从上下降时，常常对用人们所说的话。自然，由于经过这一大段长久时间的熏陶，她们对于鸽儿们，差不多都已具有一种专门家的知识，这是毫无疑义的了；而何况我之所谓上品者，在她们大约都早已认得熟识了呢。“你看，这有多快呀，在这布条上写着的，八十多里的路程，至多也不过飞半天的工夫！”这是自己常常因此引为自满，而且也常常引来向旁人夸耀的地方。

而且正如上面所述说过的一样，鸽的繁殖，是有如此迅速的令人吃惊的能力的，因而到末后来，鸽儿之多，除去了那从十对以到三十对之间的中上品以上的，为自己平常所留意者而外，其他的一些，差不多可以说是于己无关紧要，而且也不复能以熟认的了。所以有时忽而在鸽群中失去了几只时也有，或者忽而又增添了几只时也有；但总而言之，屋梁、横檐和堂屋内匾额之上，以及房屋的上半部，凡可停脚处，几乎都成为了它们无定的栖息之所了。而且每次整升以上的粮食，到末后来，只能成为聊供点缀点缀而已，所以每当喂食时，几乎无一次不是如春蚕食叶般，瞬息即尽的。大约从此以后，鸽儿们就不能不被迫到野外去做寻食之举，也是说不一定的吧？

就像这样的，又继续到一年之久，直算至本房东的家眷已经从外乡回来，而需要索回房屋去自住之月为止，我同鸽儿的关系，大约至少也应该有三年以上的历史了。这其间，我之对于它们，无论如何都总可以说是问心无愧的。譬如说，如像别人那样，将它们转卖给外人，作菜食之用，或者自己随便地杀几只来玩玩（据说，杀鸽的方法无须动刀，只消将它的头部完全浸淹在水内，经过片刻后即行。而且水也更不用多，只消一茶杯或半茶杯便可毕事)，像这样的事，不仅自己不曾有过一次，就偶尔的闻听得有这样的故事，自己也是会引为深恶而痛绝之的。

不过罪孽之兴，事亦常有出人意料之外者，这只消从我那次因催促孵卵，至将一只母鸽误杀的蠢举，便可知道了。当时因为有一对可以称为属于上品一类的凤头毛足、银翅红砂（而且更是大红砂）的小白鸽，这对东西，必须要经过一年之久才能下卵一次，而不幸的是它每次下卵皆不肯去加以孵抱。“这一对无论外形内形都很完备的小东西，像这样下去，将来它们岂不日趋于断种的一条路了吗?”像这样的感觉，因而不免时常的时常的要在自己的心里浮动着。由于当时的一种急切而且幼稚的幻想，于是到了当天晚上，即便将它的两足用细绳来捆束着，并且又将它的翅子全行剪去，然后再用一大块的砖头来，将它同它刚下的鸽卵一同压放在了一起。在自己，以为这种“强抱法”，在将来一定是会能以成功的。不过，到了次晨来一看怎样呢，那可果真成功了，鸽是变化了，变化成一个僵硬的尸体！只剩得那只雄鸽，在它尸体旁边，莫名其妙地谷谷地哀鸣着。而且看哪，那从它嘴角间所流下来的，一滴滴的殷红的鲜血，以及那对似闭非闭的，已经变得成为深灰色了的眼珠，看起来，又是何等的凄惨，而且令人见了起着一种寒战的感觉呢。而何况这种残杀的血污，又是从它平日以爱它自命者的手中榨压而出呢。是的，从挚爱者的手中，流出被爱者的鲜血来，那种滋味，那种悔恨交集的滋味，我想我当时确实是深深地味尝到了。而且就到了此时回忆起来，我想我自己也是绝对不能以泰然的态度处之的啊。随后就连那只孤单着的雄鸽，也不知于何时竟莫名其妙地失去踪影了；不过如像这样也好，因为借此反倒可以减轻不少我自己良心上的负担和罪咎。并且，设若它果真在原处再行停留下去的话，我想，它除去了像它别的有品格的同伴们一样，于丧偶之后，即厌厌自毙的道路而外，是别无他法可想了的。

自然，或者也可以勉强说，这是属于鸽的悲剧结局的一种吧？不过不，那种更为悲剧的现象，恐怕还在以后才能发现呢。自从我一搬家之后，房主人即迁移了进去。据说，父亲为要酬答他朋友四年以来不肯收纳房租的友谊起见，所以除去了他自己卧室内的箱笼而外，其他的一切堂屋书房厨房里的家用器具，全都命令留下，不准再行移动。自然，那在他当时的眼中，这所谓“区区者”的鸽群，又哪里会值得他去加以注意呢。不过后来，恶劣的消息，便渐渐地从用人们的口中传达过来了。因为那位所谓房东太太者的习性，正恰恰与她丈夫成为反比例：既悭吝而又尖酸刻薄，甚至于悭吝得一毛不拔；所以当她一跨进门去，见着了鸽群时便说，“这可好了，两鸽一鸡，我们在这一两个月内，大可以不必再用钱去购买荤菜了！”而接着言行相符的，便是不管珠玑瓦砾的一律残杀……

因此，犹记得自己是几番几次地去向母亲哭嚷着，想要将鸽群迁移了过来，不过在未得父亲许可之前，有谁敢去轻轻地触动一下呢。随着有一次，自己也曾经鼓着勇气，向着父亲这样的——因为在当时自己的心里，是那般的固执着，以为非达到目的不止——请求过了；而出乎意料的是他竟用着平日所极难遇见的温和的口吻（真像一个父亲一样）来对自己这样地分解说：“和儿，不要这样，要大方些。你也不小了，不要因为一点小事，便让我去同朋友的家庭失和。若是需要的话，你就可以在这新房子内重新喂了起来。一切费用，我都可以给你，要多少都行。不过旧鸽却不好意思再去要回来了。而且就纵然要回来了，你又有什么法子可以将它们喂得家呢？世无不散的筵席，人犹如此，何况于物？所以君子寓意于物，而不留意于物。你懂得吗？人在社会上非朋友不能生活；你也不小了，应该大方一点才好啊！”

随着他又补足着说：“而且我们又是到处流寓的人，更不比是在自己的家乡里，可以长久地待了下去。我们要那些身外物来做什么呢？你看，说不定我们不久就要起身到省城里去居住了，到了那时，一切家具全都得扔掉……”他说完这话之后，我从他的眼中，已经看出了有一些忧伤，而同时，他的已起有皱纹的苦涩的脸上，也似乎愈加深邃的，更形皱褶了起来。

是的，父亲所说的话，确实一丝不错，随后不久，果然证明了，我们是因他事务的变更，而必须随从他一同向省城出发的。并且到了那里，因为自己已插班入了中学，和儿童期已经过去，以及趣味更向其他方面发展的缘故，因而鸽儿们之与自己的关系，也就从此算是告了一个段落了。

不过，到了现在，无论生活之于自己是怎样地辛苦、重压而且奔忙，但每逢春秋佳日——不，无论何时——若果于无意中，就有时坐在洋车上也同是一样，偶尔地发现了有一大群的鸽儿在天空中飞翔着时，从它那种翩翩上下、温柔驯良的自由风姿，却依然是可以立地将自己引回到那旧日的，那种静寂而更兼孤独得令人寒颤的童年世界内以去的。

——是的，驯美的鸽群，淡淡的青空，以及那已逝去了的、自己的并不很快乐的青春；而且这些又是并不能以跳出这可笑的时间圈子以外去。我为什么要去记忆起它来呢，这一切之于我，又是那样的不很快活的。

一九三二年十月二十日上午脱稿

第二辑

虫

夏三虫

鲁迅

夏天近了，将有三虫：蚤，蚊，蝇。

假如有谁提出一个问题，问我三者之中，最爱什么，而且非爱一个不可，又不准像“青年必读书”那样的缴白卷的。我便只得回答道：跳蚤。

跳蚤的来吮血，虽然可恶，而一声不响地就是一口，何等直截爽快。蚊子便不然了，一针叮进皮肤，自然还可以算得有点彻底的，但当未叮之前，要哼哼地发一篇大议论，却使人觉得讨厌。如果所哼的是在说明人血应该给它充饥的理由，那可更其讨厌了，幸而我不懂。

野雀野鹿，一落在人手中，总时时刻刻想要逃走。其实，在山林间，上有鹰鹯，下有虎狼，何尝比在人手里安全。为什么当初不逃到人类中来，现在却要逃到鹰鹯虎狼间去？或者，鹰鹯虎狼之于它们，正如跳蚤之于我们罢。肚子饿了，抓着就是一口，决不谈道理，弄玄虚。被吃者也无须在被吃之前，先承认自己之理应被吃，心悦诚服，誓死不二。人类，可是也颇擅长于哼哼的了，害中取小，它们的避之惟恐不速，正是绝顶聪明。

苍蝇嗡嗡地闹了大半天，停下来也不过舐一点油汗，倘有伤痕或疮疖，自然更占一些便宜；无论怎么好的，美的，干净的东西，又总喜欢一律拉上一点蝇矢。但因为只舐一点油汗，只添一点腌臜，在麻木的人们还没有切肤之痛，所以也就将它放过了。中国人还不很知道它能够传播病菌，捕蝇运动大概不见得兴盛。它们的运命是长久的；还要更繁殖。

但它在好的，美的，干净的东西上拉了蝇矢之后，似乎还不至于欣欣然反过来嘲笑这东西的不洁：总要算还有一点道德的。

古今君子，每以禽兽斥人，殊不知便是昆虫，值得师法的地方也多着哪。

四月四日

蟋蟀之话

夏丏尊

“志士悲秋”，秋在四季中确是寂寥的季节，即非志士，也容易起感怀的。我们的祖先在原始时代曾与寒冷饥饿相战斗，秋就是寒冷饥饿的预告。我们的悲秋，也许是这原始感情的遗传。入秋以后，自然界形貌的变化反映在我们心里，引起这原始的感情来。

天空的颜色，云的形状，太阳及月亮的光，空气的触觉，树叶的色泽，虫的鸣声，凡此等等都是构成秋的情绪的重要成分。其中尤以虫声为最有力的因子，古人说“以虫鸣秋”，鸣虫实是秋季的报知者，秋情的挑拨者。

秋季的鸣虫可分为螽斯与蟋蟀二类，这里想只说蟋蟀。说起蟋蟀，往往令人联想到寂寥与感伤。“蟋蟀在堂”，“今我不乐”，三百首中已有这样的话。姜白石咏蟋蟀《齐天乐》云：“庾郎先自吟愁赋，凄凄更闻私语。……哀音似诉。正思妇无眠，起寻机杼。曲曲屏山，夜凉独自甚情绪。……候馆迎秋，离宫吊月，别有伤心无数。……写入琴丝，一声声更苦。”凡是有关于蟋蟀的诗歌，差不多都是带着些悲感的。这理由是什么？如果有人说，这是由自然的背景与诗歌上的传统口吻养成的观念情绪，也许是的。实则秋季鸣虫的音乐，在本质上尚有可注意的地方。

蟋蟀的鸣声，本质上与鸟或蝉的鸣声大异其趣。鸟或蝉的鸣声是肉声，而蟋蟀的鸣声是器乐。“丝不如竹，竹不如肉”，我国从来有这样的话，意思是说器乐不如肉声。其实就音乐上说，乐器比之我们人的声带，构造要复杂得多，声音的范域也广得多。声带的音色绝不及乐器的富于变化，乐器所能表出的情绪远比声带复杂。箫笛的表哀怨，可以胜过人的悲吟；鼓和洋琴的表快悦，可以胜过人的欢呼。鸟的鸣声是和人的叫唱一样，同是由声带发出的，其鸣声虽较人的声音有变化，但既同出于肉质的声带，与人声究有共同之点。蝉虽是虫类，其鸣声由腹部之声带发出，也可以说是肉声。

蟋蟀等秋虫的鸣声比之鸟或蝉的鸣声，是技巧的，而且是器械的。它们的鸣声由翅的鼓动发生。把翅用显微镜检查时，可以看见特别的发音装置，前翅的里面有着很粗糙的状部，另一前翅之端又具有名叫“硬质部”的部分，两者磨擦就发声音。前翅间还有一处薄膜的部分，叫作“发音镜”，这是造成特殊的音色的机关。秋虫因了这些部分的本质和构造，与发音镜的形状，各奏出其独特的音乐。其音乐较诸鸟类与别的虫类，有着如许的本质的差异。

螽斯与蟋蟀的发音样式大同小异：螽斯左前翅在上，右前翅在下；蟋蟀反之，右前翅在上，左前翅在下。又，螽斯的状部在左翅，硬质部在右翅；而蟋蟀则两翅有着同样的构造。此外尚有不同的一点：螽斯之翅耸立作棱状，其发音装置的部分较狭；蟋蟀二翅平叠，因之其发音部分亦较为发达。在音色上，螽斯所发的音乐富于野趣，蟋蟀的音乐却是技巧的。

无论鸟类、螽斯或蟋蟀，能鸣只有雄，雌是不能鸣的。这全是性的现象，雄以鸣音诱雌。它们的鸣，和南欧人在恋人窗外所奏的夜曲同是哀切的恋歌。蟋蟀是有耳朵的，说也奇怪，蟋蟀的耳朵不在头部，倒在脚上。它们共有三对脚，在最前面的脚的胫节部具着附有薄膜的细而长的小孔，这就是它们的耳朵。它们用了这“脚耳”来听对手的情话。

蟋蟀的恋歌似乎很能发生效果。我们依了蟋蟀的鸣声，把石块或落叶拨去了看，常发见在那里的是雌雄一对。石块或落叶丛中是它们的生活的舞台，它们在这里恋爱，产卵，以至于死。

蟋蟀的生活状态在自然界中观察颇难，饲养于小瓦器中，可观察到种种的事实。蟋蟀的恋爱生活和其他动物及人类原无大异，可是有一极有兴趣的现象：它们是极端的女尊男卑的，雌对于雄的威势，比任何动物都厉害。试把雌雄二蟋蟀放入小瓦器中，彼此先用了触角探知对方的存在以后，雄的即开始鸣叫。这时的鸣声与在田野时的放声高吟不同，是如泣如诉的低音，与其说是在伺候雌的意旨，不如说是一种哀恳的表示。雄的追逐雌的，把尾部向雌的接近，雌的犹淡然不顾。于是雄的又反复其哀诉，雌的如不称意，犹是淡然。雄的哀诉，直至雌的自愿接受为止。交尾时，雌的悠然爬伏于雄的背上，雄的自下面把交尾器中所挟着的精球注入雌的产卵管中，交尾的行为瞬时完毕。饲养在容器中的蟋蟀，交尾可自数次至十余次，在自然界中想必也是这样。这和蜜蜂或蚕等只交尾一次而雄的就死灭的情形不同了。说虽如此，雄蟋蟀在交尾终了后，不久也就要遇到悲哀的运命。就容器中饲养的蟋蟀看，结果是雌的捧了大肚皮残留着，雄的所存在者只翅或脚的碎片而已。这现象已超过女尊男卑，入了极端的变态性欲的范围了。雄的可说是被虐待狂的典型，雌的可说是虐待狂的典型了吧。

原来在大自然看来，种的维持者是雌，雄的只是配角而已。有些动物的雄，虽逞着权力，但不过表面如此，论其究竟，负重大牺牲的仍是雄。极端的例可求之于蜘蛛或螳螂。从大自然的经济说，微温的人情——虫情原是不值一顾的，雄蟋蟀的悲哀的夙命和在情场中疲于奔命而死的男子相似。

蟋蟀产卵，或在土中，或在树干与草叶上。先入泥土少许于玻璃容器，把将产卵的雌蟋蟀储养其中，就能明了观察到种种状况。雌蟋蟀在产卵时，先用产卵管在土中试插，及找得了适当的场所，就深深地插入，同时腹部大起振动。产卵管是由四片细长的薄片合成的，卵泻出极速，状如连珠，卵尽才把产卵管拔出。一个雌蟋蟀可产卵至三百以上。雌蟋蟀于产卵后亦即因饥寒而死灭，所留下的卵，至次年初夏孵化。

蟋蟀在昆虫学上属于“不完全变态”的一类，由卵孵化出来的若虫差不多和其父母同形，只不过翅与产卵管等附属物未完全而已。这情形和那蝶或蝇等须经过幼虫、蛆蛹、成虫的三度变态的完全两样。（像蝶或蝇等叫作“完全变态”的昆虫。）自若虫变为成虫，其间须经过数次的脱皮，不脱皮不能生长。脱皮的次数也许因种类而有不同，学者之间有说七次的，有说八次或九次的。每次脱皮以前虽没有如蚕的休眠现象，可是一时却不吃东西，直至食道空空，身体微呈透明状态为止。脱皮时先从胸背起纵裂，连触角都脱去，剩下的是雪白的软虫，过了若干时，然后回复其本来特有的颜色。这样的脱皮经过相当次数，身体的各部逐渐完成。变为成虫以后，经过四五日即能鸣叫，其时期因温度地域种类个体而不同，大概在立秋前后。它们由此再像其先代的样子，歌唱，恋爱，产卵，度其一生。

蟋蟀能草食，也能肉食。普通饲养时饲以饭粒或菜片，但往往有自相残食的。把许多蟋蟀置入一容器中，不久就会因自相残食而大减其数。

雄蟋蟀富于斗争性，好事者常用以比赛或赌博。他们对于蟋蟀鉴别甚精，购求不惜重价，因了品种予以种种的名号。坊间至于有《蟋蟀谱》等类的书。我是此道的门外汉，无法写作这些斗士的列传。

蝉与纺织娘

郑振铎

你如果有福气独自坐在窗内，静悄悄的没一个人来打扰，一点钟，两点钟的过去，嘴里衔着一支烟，躺在沙发上慢慢地喷着烟云，看它一白圈一白圈地升上，那么在这静境之内，你便可以听到那墙角阶前的鸣虫的奏乐。

那鸣虫的作响，真不是凡响；如果你曾听见过曼杜令的低奏，你曾听见过一支洞箫在月下湖上独吹着，你曾听见过红楼的重幔中透漏出的弦管声，你曾听见过流水潨潨的由溪石间流过，或你曾倚在山阁上听着飒飒的松风在足下拂过，那么，你便可以把那如何清幽的鸣虫之叫声想象到一二了。

虫之乐队，因季候的关系而颇不同，夏天与秋令的虫声，便是截然的两样。蝉之声是高旷的，享乐的，带着自己满足之意的；它高高地栖在梧桐树或竹枝上，迎风而唱，那是生之歌，生之盛年之歌，那是结婚曲，那是中世纪武士美人的大宴时的行吟诗人之歌。

无论听了那“叽——叽——”的曼长声，或“叽格——叽格——”的较短声，都可同样的受到一种轻快的美感。秋虫的鸣声最复杂。但无论纺织娘的咭嘎，蟋蟀的唧唧，金蛉子之叮令，还有无数无数不可名状的秋虫之鸣声，其声调之凄抑却都是一样的；它们唱的是秋之歌，是暮年之歌，是薤露之曲。它们的歌声，是如秋风之扫落叶，怨妇之奏琵琶，孤峭而幽奇，清远而凄迷，低徊而愁肠百结。你如果是一个孤客，独宿于荒郊逆旅，一盏荧荧的油灯，对着一张板床，一张木桌，一二张硬板凳，再一听见四壁唧唧知知的虫声间作，那你今夜便不用再想稳稳地安睡了，什么愁情，乡思，以及人生之悲感，都会一串串的从根儿勾引起来，在你心上翻来覆去，如白老鼠在戏笼中走轮盘一般，一上去便不用想下来憩息。如果你不是一个客人，你有家庭，你有很好的太太，你并没有什么闲愁胡想，那么，在你太太已睡之后，你想在书房中静静地写些东西时，这唧唧的秋虫之声却也会无端地窜入你的心里，翻掘起你向不曾有过的一种凄感呢。如果那一夜是一个月夜，天井里统是银白色，枯秃的树影，一根一条的很清朗地印在地上，那么你的感触将更深了。那也许就是所谓悲秋。

秋虫之声，大都在蝉之夏曲已告终之后出现，那正与气候之寒暖相应。但我却有一次奇异的经验，在无数的纺织娘之鸣声已来了之后，却又听得满耳的蝉声。我想我们的读者中有这种经验的人是必不多的。

我在山中，每天听见的只有蝉声，鸟声还比不上。那时天气是很热，即在山上，也觉得并不凉爽。正午的时候，躺在廊前的藤榻上，要求一点的凉风，却见满山的竹树梢头，一动也不动，看看足底下的花草，也都静静地站着，如老僧入了定似的。风扇之类既得不到，只好不断地用手巾来拭汗，不断地在摇挥那纸扇了。在这时候，往往有几缕的蝉声在槛外鸣奏着。闭了目，静静地听了它们在忽高忽低、忽断忽续，此唱彼和，仿佛是一大阵绝清幽的乐队在那里奏着绝清幽的曲子，炎热似乎也减少了，然后，矇胧的矇胧的睡去了，什么都不觉得。良久，良久，清梦醒来时，却又是满耳的蝉声。山中的蝉真多！绝早的清晨，老妈子们和小孩子们常去抱着竹竿乱摇一阵，而一只二只的蝉便要跟随了朝露而落到地上了。每一个早晨，在我们滴翠轩的左近，至少是百只以上之蝉是这样的被捉。但蝉声并不减少。

常常的，一只蝉两只蝉，叽的一声，飞入房内，如平时我们所见的青油虫及灯蛾之飞入一样。这也是必定被人所捉的。有一天，见有什么东西在槛外倒水的铅斗中咯笃咯笃的作响，俯身到槛外一看，却又是一只蝉，这当然又是一个俘虏了。还有好几次，在山脊上走时，忽见矮林丛中有什么东西在动，拨开林丛一看，却也是一只蝉。它是被竹枝竹叶挡阻住了不能飞去。我把它拾在手中。同行的心南先生说，“这有什么稀奇，放走了它吧。要多少还怕没有！”我便顺手把它向风中一送，它悠悠扬扬地飞去很远很远，渐渐的不见了。我想不到这只蝉就是刚才在地上拾了来的那一只！

初到时，颇想把它们捉几个寄上海去送送人。有一次，便托了老妈子去捉。她在第二天一早，果然捉了五六只来放在一个大香烟纸盒中，不料给依真一见，她却吵着，带强迫的要去。我又托那个老妈子去捉。第二天，又捉了四五只来，依真的纸盒中却只剩下两只活的，其余的都死了。到了晚上，我的几只，也死了一半。因此，寄到上海的计划遂根本的打消了。从此以后，便也不再托人去捉，自己偶然捉来的，也都随手地放去了。那样不经久的东西，留下了它干什么用！不过孩子们却还热心地去捉。依真每天要捉至少三只以上，用细绳子缚在铁杆上。有一次，曾有一只蝉居然带了红绳子逃去了；很长的一根红绳子，拖在它后面，在风中飘荡着，很有趣味。

半个月过去了，有的时候，似乎蝉声略少，第二天却又多了起来。虽然是“叽——叽——”的不息的鸣着，却并不觉喧扰，所以大家都不讨厌它们。我却特别的爱听它们的歌唱，那样的高旷清远的调子，在什么音乐会中可以听得到！我以我每以蝉声将绝为虑，时时的干涉孩子们的捕捉。

到了一夜，狂风大作，雨点如从水龙头上喷出似的，向槛内廊上倾倒。第二天还不放晴。再过一天，晴了，天气却很凉，蝉声乃不再听见了！全山上在鸣唱着的却换了一种“咭嘎——咭嘎——”的急促而凄楚的调子，那是纺织娘。

“秋天到了。”我这样的说着，颇动了归心。

再一天，纺织娘还是咭嘎咭嘎地唱着。

然而，第三天早晨，当太阳晒得满山时，蝉声却又听见了！且很不少。我初听不信，叽——叽——叽格——叽格——那确是蝉声！纺织娘之声却又潜踪了。

蝉回来了，跟它回来的是炎夏。从箱中取出的棉衣又复入箱中。下山之计遂又打消了。

谁曾于听了纺织娘歌声之后再听见蝉的夏曲呢？这是我的一个有趣的经验。

十一月八日夜补记

秋萤

张恨水

江南之萤始于夏，而初秋犹盛，故诗人有“轻罗小扇扑流萤”之称。川东则否，始于暮春，盛于仲夏，稻花开时，黑夜即不复有流火群飞矣。然亦非尽绝迹，时或遗一二老虫在。盖川东夏季长，山谷中丰草塞途，野花不断，萤乃因此而延其寿命。每当阴雨之夕，谷黯如漆，启户视之，荒山巨影，巍巍当前，厌吾居如入深渊。西风徐来，播撼涧岸丛竹小树于黑魆魆中，其影仿佛能见，若巨魔作攫人状。时此一二老虫，于草间突起，发其淡绿之光如豆火，低飞五六尺，闪烁数下，忽然不见，倍增鬼趣。间或村犬遥遥二三吠，其声凄惨沉闷，似若有所惊。独立涸涧断桥上，俯首徐思，觉吾尚在人境中乎？

萤亦有翅落不飞，蛰伏石隙者。其所挟之光极微，色亦不甚绿，既不闪烁，亦不移动，初来此间见之，颇疑人遗火星于地，取而视之，僵硬如蛹，殊非江南人所素知。

夜立晴空下，乃思此萤，何类当今文人。虽遗弃草根将死，而犹能于黑暗中发其点滴之光。虽然，萤以其光传授子孙，明夏仍可与星月争片刻之光，文人顾何如乎？

萤

靳　以

郁闷的无月夜，不知名的花的香更浓了，炎热也愈难耐了；千千万万的火萤在黑暗的海中漂浮着。那像亮在泡沫的尖顶上的一点雪白的水花，也像是照映在海面上群星的身影。我仰起头来，天上果真就嵌满了星星，都在闪着，星是天间的萤的身影呢，还是萤是地上的星的身影？但是它们都发着光，虽然很微细，却也为夜行人照亮眼前的路。路是很平坦，入了夜，该是毒物的世界，不是曾经看见过一尾赤练蛇横在路的中央么？它不一定要等待人们去侵犯它才张口来咬的，它就是等在那里，遇到什么生物也不放过，它是依靠吞噬他人的生命才得生存的。

可是萤却高高低低浮在空中，不但为人照亮了路边的深坑，也为人照出偃卧的毒蛇，使过路人知所趋避。群星在天上，也用忧愁而关心的眼睛望着，它自知是发光的，就更把眼睁大了（因为疲倦，所以不得不一眨一眨的），它恨不得大声喊出来，告诉人们："在地上，夜是精灵的世界，回到你们的家中去吧，等待太阳出来了再继续你们的行程。"可是它没有声音，因为风静止着，森林也只得守着它们的沉默。田间的水流，也因为干涸，停止它们的潺潺了。在地上，在黯黑的夜里，只有蛙发着噪聒的鸣叫，那是使人觉得郁热更其难耐，黑夜更其无边的。守在路中的蛇也在嘶嘶地叫着，怕也因为没有猎取物而感到不耐吧？它也许意识到萤火对它是不利的，便高昂起头来，想用那吞吐的毒舌吸取一只两只；可是可爱的萤火，早自飞到高处去了。向上看，那毒蛇才又看到天上闪烁着那么多发光的眼睛，一切光，原来都是使人类幸福的，它就不得不颓然又垂下头，扭着那斑驳的身躯，不情愿地回到自己的洞穴中去了。

那成千成万的萤火虫，却一直愉快地飘着，向上飞在高空中，它的光显得细弱了，它还是落到地上来。落在树枝上，使人们看到肥大的绿叶间还有一丛丛的花朵，那香气该是它们发散出来的吧？落在路边的草上，映出那细瘦的叶尖，和那上面栖息着的一只小甲虫：落在老人的胡须上，孩子更会稚气地叫着："看，胡子像烟斗似的烧起来了，一亮一亮的。"落在骄傲的孩子的发际，她就便得意地说："看我的头上簪了星星！"

它们就是这样成夜地忙碌着，在黯黑的世界中穿行；当着太阳的光重复来到大地，它们就和天际的星星互道着辛苦隐下去了，等待黯夜复来的时候再为人类献出它们微弱的光辉。

蟋蟀

陆蠡

小的时候不知在什么书上看到一张图画。题的是“爱护动物”。图中甲儿拿一根线系住蜻蜓的尾，看它款款地飞。乙儿摇摇手劝他，说动物也有生命，也和人一样知道痛苦，不要残忍地虐杀它。

母亲曾告诉我：从前有一个读书人，看见一只蚂蚁落在水里，他抛下一茎稻草救了它。后来这位读书人因诬下狱，这被救的蚂蚁率领了它的同类，在一夜工夫把狱墙搬了一个大洞，把他救了出来。

父亲又说：以前有一个隋侯，看见一只鹞子追逐着黄雀。黄雀无路可奔，飞来躲在他的脚下。他等鹞子去了，才把它放走。以后黄雀衔来一颗无价的明珠，报答他救命的恩德。

在书上我又读到：“麟，仁兽也，足不履生草，不戕生物。”

所以，我自幼便怀着仁慈之意，知道爱惜它们的生命。我从来不曾用线系住蝉的细成一条缝似的头颈，让它鼓着薄翅团团转转地飞。我从来不曾用头发套住蟋蟀的下颚，临空吊起来飕飕地转，把它弄得昏过去，便在它激怒和昏迷中引就它们的同类，促使它们作死命的啮斗。我从来不曾用蛛网络缠在竹箍上，来捉夏日停在墙壁上的双双叠在一起的牛虻。也从来不曾撕断蚱蜢的大腿，去喂给母鸡。

在动物中，我偏爱蟋蟀。想起这小小的虫，那曾消磨了多美丽的我的童年的光阴啊！那时我在深夜中和两三个淘伴蹑手蹑脚地跑到溪水对岸的石滩，把耳朵贴在地上，屏住气息；细辨在土礅的旁边或石块底下发出的“瞿瞿”的蟋蟀的声音所自来的方向。偷偷跑上前去，用衣袋里的麦麸做了记认，次晨在黎明时觅得夜晚的原处，把可爱的虫捉在手里。露濡湿了赤脚穿着的鞋，衣襟有时被荆棘抓破，回家来告诉母亲说我去望了田水回来，不等她的盘诘，立刻便溜进房中，把捉来的蟋蟀放在瓦盘里，感到醉了般的喜悦，有时连拖泥带水的鞋子钻进床去，竟倒头睡去了……

我爱蟋蟀，那并不是爱和别人赌钱斗输赢，虽则也往常这样做。但是我不肯把战败者加以凌虐，如有人剪了它们的鞘翅，折断了它们的触须，卑夷地抛在地上，以舒小小的心中的怨愤。我爱着我的蟋蟀，我爱它午夜在房里蛩蛩的“弹琴”，一如我们的术语所说的。有时梦中恍如我睡在碧绿的草地上，身旁长着不知名的花，花的底下斗着双双的蟋蟀；我便在它们的旁边用粗的石块叠成玲珑的小堆，引诱它们钻进这石堆里，我可以随时来听它们的鸣斗，永远不会跑开……

我爱蟋蟀，我把它养在瓦盘里，盘里放了在溪中洗净了的清沙，复在其中移植了有芥子园画意的细小的草，草的旁边放了两三洁白的石块，这是我的庭园了。我满足于自己手创的天地，所谓壶底洞天便是这般的园地更幻想化的罢了，我曾有时这样想。我在沙中用手指掏了一个小洞，在洞口放了两颗白米，一茎豆芽；白米给它当作干粮，豆芽给它作润喉的果品。我希望这小小的庭园会比石滩上更舒适，不致使它想要逃开。

在蒙蒙的雨天，我拿了这瓦盘到露天底下去承受这微丝般的烟雨，因为我没有看到露水是怎样落下来的，所以设想这便是它所喜爱的露了。当我看到乌碧的有美丽的皱纹的鞘翅上蒙着细微的雾粒，微微开翕着欲鸣不鸣似的，伴着一进一退地颤抖着三对细肢，我也感到微雨的凉意，想来抖动我的身躯了。有时很久不下细雨，我便用喷衣服的水筒把水喷在蟋蟀的身上。

听说蟋蟀至久活不过白露。邻居的哥儿告诉我说。

“为什么呢？”

“那是因为太冷。”

“只是因为太凉么？”

“怕它的寿命只有这几天日子罢。”

于是我翻开面子撕烂了的旧的黄历本，去找白露的一天，几时几刻交节。我屈指计算着我的蟋蟀还可以多活几天，不能盼望它不死，只盼望它是最后死的一个。我希望我能够延长这小动物的生命。

早秋初凉的日子，我便用棉花层层围裹着这瓦盘，沙中的草因不见天日枯黄了，我便换上了绿苔。又把米换了米仁。本来我想把它放在温暖的灶间里，转想这是不妥的，所以便只好这样了。

我天天察看这小虫的生活。我时常见它头埋在洞里，屁股朝外。是避寒么，是畏光么？我便把这洞掏得更深一些。又在附近挖了一个较浅的洞。

有一天它吃了自己的触须，又有一次啮断自己的一只大腿，这真使我惊异了。

“能有一年不死的蟋蟀么？”我不止一次地问我的母亲。

“西风起时便禁受不住了。”

“设若不吹到西风也可以么？”

“那是可怜的秋虫啊！你着了蟋蟀的迷么？下次不给你玩了。”

我屈指在计算着白露的日期。终于在白露的前五天这可怜的虫便死了。天气并不很冷，只在早晨须得换上夹衣，白昼是热的。园子里的玉蜀黍，已经黄熟了。

我用一只火柴盒子装了这死了的虫的肢体，在园子的一角，一株芙蓉花脚下挖了一个小洞，用瓦片砌成了小小的坟，把匣子放进去，掩上了一把土，复在一张树叶上放了三粒白米和一根豆芽，暗暗地祭奠了一番。心里盼望着夜间会有黑衣的哥儿来入梦，说是在地下也平安的罢。

“你今天脸色不好。着了凉么！孩子？”母亲这样的说。

夏天的昆虫

汪曾祺

蝈蝈

蝈蝈我们那里叫作“叫蛐子”。因为它长得粗壮结实，样子也不大好看，还特别在前面加一个“侉”字，叫作“侉叫蛐子”。这东西就是会呱呱地叫。有时嫌它叫得太吵人了，在它的笼子上拍一下，它就大叫一声：“呱！——”停止了。它什么都吃。据说吃了辣椒更爱叫，我就挑顶辣的辣椒喂它。早晨，掐了南瓜花（谎花）喂它，只是取其好看而已。这东西是咬人的。有时捏住笼子，它会从竹篾的洞里咬你的指头肚子一口！

另有一种秋叫蛐子，较晚出，体小，通身碧绿如玻璃料，叫声轻脆。秋叫蛐子养在牛角做的圆盒中，顶面有一块玻璃。我能自己做这种牛角盒子，要紧的是弄出一块大小合适的圆玻璃。把玻璃放在水盆里，用剪子剪，则不碎裂。秋叫蛐子价钱比侉叫蛐子贵得多。养好了，可以越冬。

叫蛐子是可以吃的。得是三尾的，腹大多子。扔在枯树枝火中，一会就熟了。味极似虾。

蝉

蝉大别有三类。一种是“海溜”，最大，色黑，叫声洪亮。这是蝉里的楚霸王，生命力很强。我曾捉了一只，养在一个断了发条的旧座钟里，活了好多天。一种是“嘟溜”，体较小，绿色而有点银光，样子最好看，叫声也好听：“嘟溜——嘟溜——嘟溜。”一种叫“叽溜”，最小，暗赭色，也是因其叫声而得名。

蝉喜欢栖息在柳树上。古人常画“高柳鸣蝉”，是有道理的。

北京的孩子捉蝉用粘竿——竹竿头上涂了粘胶。我们小时候则用蜘蛛网。选一根结实的长芦苇，一头撅成三角形，用线缚住，看见有大蜘蛛网就一绞，三角里络满了蜘蛛网，很粘。瞅准了一只蝉，轻轻一捂，蝉的翅膀就被粘住了。

佝偻丈人承蜩，不知道用的是什么工具。

蜻　蜓

家乡的蜻蜓有三种。

一种极大，头胸浓绿色，腹部有黑色的环纹，尾部两侧有革质的小圆片，叫作“绿豆钢”。这家伙厉害得很，飞时巨大的翅膀磨得嚓嚓地响。或捉之置室内，它会对着窗玻璃猛撞。

一种即常见的蜻蜓，有灰蓝色和绿色的。蜻蜓的眼睛很尖，但到黄昏后眼力就有点不济。它们栖息着不动，从后面轻轻伸手，一捏就能捏住。玩蜻蜓有一种恶作剧的玩法：掐一根狗尾巴草，把草茎插进蜻蜓的屁股，一撒手，蜻蜓就带着狗尾草的穗子飞了。

一种是红蜻蜓。不知道什么道理，说这是灶王爷的马。

另有一种纯黑的蜻蜓。身上，翅膀都是深黑色，我们叫它鬼蜻蜓，因为它有点鬼气。也叫“寡妇”。

刀　螂

刀螂即螳螂。螳螂是很好看的。螳螂的头可以四面转动。螳螂翅膀嫩绿，颜色和脉纹都很美。昆虫翅膀好看的，为螳螂，为纺织娘。

或问：你写这些昆虫什么意思？答曰：我只是希望现在的孩子也能玩玩这些昆虫，对自然发生兴趣。现在的孩子大都只在电子玩具包围中长大，未必是好事。

一九八七年

蝉

李广田

太寂静，静得古怪，好像人已不在这个天地间了。偶尔听到一阵鸽笛，但并非鸽笛，只是碧落之下的一发自然之声罢了，人听了，依然感到寂静。“今日天气好，清吹与鸣蝉”，这个境界很可爱。“感彼柏下人，……”则与我无干。但在这么一个寂静中，听了鸽笛，我却真在怀念着鸣蝉。

有些人嫌恶蝉声，嫌它噪聒，且有人问，它究竟是为了什么呢，从早到晚地老是那么噪个不休不了？它为了什么而噪聒，就连我也不甚知道，但我却确实有点喜欢蝉鸣。初夏雨霁，当最先听到从绿荫深处鸣来的几句蝉声时，是常有一种清新愉悦之感的，觉得这便是“夏的信息”了。而且那尚欠流畅的最初的鸣声，像刚在练习着试调似的，听来别有意趣。到了盛夏，当然是蝉的黄金时代了。愈是大雨之后，蝉愈多，愈是太阳灼热的时候，它们也唱得愈狂。而这时候，我对于蝉也就更加觉得喜欢了。

有人说，“自然之声便是诗”，这话固然有些神秘，但我却很喜欢这话，因为我正喜欢一切的自然之声。霹雳震天，诚也有点可怕，但试想狂风暴雨而无雷霆，岂不也是一个缺憾么？而荒村茅舍，五更闻鸡，则即使住在都市里面的人，有时大概也会想起这个吧。

“以鸟鸣春”，促织则鸣秋，而鸣夏者，我以为当以蝉为首选。盛夏之日，人们都热得没处可逃，而蝉则假一树之荫，而自有其清凉世界，无怪它在炎天之下也能引吭而高歌了。而尤其是当正午前后，人们都热得想睡，而正因为太热，想睡却又睡不得，这时候，一切声息便都被热气所窒，没有被窒的，只有蝉声而已。而蝉的声息，却又和着另一种声息，这声息我名之曰“热的声息”。记得在什么人的小说里，曾经描写过夏天的原野，说有一只什么虫在野地里飞着，它想唱，但太热了，唱不得，遍野里响着热的声息，humming，humming，到处是 humming，这 humming 弄得那虫儿想睡了。太阳的热力，像下得很匀的大雨似的，用了全力向大地灌注，向到处倾泻，而这 humming，大概就是那大雨的倾泻声了吧。这是一支夏的欢奏曲，而蝉的鸣声则作了这曲的最高音。这曲，尤其是蝉声，使人听了觉得寂静，静得古怪，好像人已不在这个天地之间了。那是蝉声，然而人会忘记了那是蝉声，而只以为那只是炎天下的一发自然之声而已。

像鸽笛之于清秋，蝉声之于炎夏，也是最和谐不过的了。

我喜欢蝉，并不只为了它能鸣。蝉的生活，也很能引起我的兴趣。小时候住在乡下，是和蝉最有缘法的。

乡下人对于蝉的出生，据我所知道的，有两种说法。有人说，蝉的幼虫是从“屎壳郎”变来的。屎壳郎是一种很可笑的甲虫，色黑，能飞。一种较大的如枣，生在土里，但一嗅到地面上有人畜的遗粪气息时，便从土里钻出来，因为这虫的嗅觉是特别敏锐的。有时，它也会飞到人们的家屋里，嗡嗡地绕着灯火狂飞。另一种，形体较小，也是在粪里生活。每当秋后，便常见它们在野道上作滚粪球的游戏。两个屎壳郎同滚一个栗子似的粪球儿，把粪球滚得浑圆浑圆，也不知道那用意究竟何在。有人说，也许那便是它们的性生活，说不定那粪球里面就有着它们新生的幼虫。总之，这两种屎壳郎都是很脏的。因为蝉的幼虫也是出自地中，而在形状上与这两种虫又有些相似，于是有人便以为蝉是屎壳郎的后身了。

另一种说法，则以为蝉有蝉的卵子和幼虫，绝不是从什么别的虫类变化而来。秋天以后，我们常看见树枝的嫩梢——尤其是桃树——有些是先已枯死了的，折开看时，则见死枝里面有一种卵子，白，小，状如虮，据说那便是蝉的卵子。据说直到明年春天，雷鸣惊蛰时，这卵子便被春雷震落，又深深地钻在土里了。所以蝉的幼虫，又名为“雷震子”。春天来，是“出树”的时候了，须掘地五六尺深，才能将树根掘出，把树身放倒。就在这掘树的深穴中，常常有一种幼虫可以被发现，颜色嫩而白，因为落地的久暂不一，形体的大小也不同，头尾蜷曲着，像一个小小的胎儿。那便是蝉的幼虫。到夏天，有的幼虫已经长成，大雨之后，便常见有手指样粗细的洞穴，在树林下，在野道边，幼虫于傍晚时从这种洞穴里钻出，既又寻到了树株攀缘，一直升到树身的高处，在一夜之间，便已脱壳而为蝉。清晨早起的人，还可以看见有刚才出壳的新蝉伏在它的壳背上，颜色是白的，翅子的边缘则稍带绿色。等太阳上升了，蝉由白色而变为黑色，便成为能飞的蝉，而且是能鸣的蝉了。

从这样的过程看来，蝉岂不是一种极洁净的虫？似乎与那被误认为是蝉的先代的壳郎君，的确是毫无关系的了。因雷震而落地，在地下潜养了很久很久，到重来此世时，却又脱壳升天，这时，彼乃餐风饮露，登高赋诗，我的乡里人们，常把蝉的幼虫呼作“神仙”，的确也是很有道理的。其余如把它呼作“蛸蝉由”“蛸蝉狗”之类，却都不见佳。又，中国药书中称蝉壳或蝉蜕为“金牛壳”，大概蝉的幼虫也可以称作金牛吧，因为它身上原是披挂了金甲的。然而这个名称也依然没有“神仙”二字好，我以为。

虽然我自己并未吃过，据说蝉的幼虫却是可以炒食的。所以每到夏天的傍晚，孩子们往往成群结队地到树林里或野道旁边去摸“神仙”。有时，“神仙”已爬到树上去了，便用了长竿去打取。有时它却正在地上爬行，找寻可以攀缘的东西，孩子们便随地将它们捉起，不是捉，那简直是拾，因为“神仙”们并不机警，见有人来捉它们，却也并不知道设法逃跑的。此处更有些孩子是很乖觉的，当“神仙”尚未出土时，他便用手指把它从地里挖出，因为“神仙”出土的地方，据说却早已有着一个很小很小的洞口。固然，捉了“神仙”回家，是要预备佐膳的了，但有时，也可以把“神仙”们放在蚊帐里，一夜之后，蚊帐里便到处有着已经脱壳的蝉在那儿来来往往地爬着了。

“神仙”虽已经脱壳升天，有时却也难逃过孩子们的恶作剧。据说南方的小孩常用胶类粘蝉，我却未之见过。我所知道的是套蝉。方法是在长竿的一端用一丝马尾或马鬃结作活结，冷不防，把活结向蝉首上一套，蝉正要飞起，却已经给活结拴得紧紧的了。在这当儿，蝉是很窘的。

“神仙”出土的愈多了，树枝上有蝉壳也就愈多。孩子们常常带了长竿，携了竹篮，到树林里面去拾“神仙皮。”“神仙”的皮原来也可以成为一种货物。夏天将近完结的时候，便有人担了很大的席篓，到各村里收买蝉壳。“买神仙皮呀，买神仙皮呀”，这样地呼喊着。此外也有担了泥人、芦笛、刀竹，或针线火柴之类的东西来交换蝉壳的，这便更是小孩们所喜欢作的交易了。他们也都知道，神仙皮被收买了去，是用来配制眼药或配制金颜料等等物事的。

然而蝉却到底是夏天的虫，春天刚去，便可听到蝉的清唱，而秋天刚来，蝉声也就渐渐地休止下去了。在秋天，我们常见有已死的蝉，且已是遍体生霉，由黑色几乎变成了青苔色的，却仿佛还在做着他们炎夏的好梦似的，依然在那里紧抱着一节已经凋敝了的木末。而这样的寂灭，却也还算得起是一种和平的归结。另外有一种归结，却往往给秋景秋声作了可哀的陪衬，那便是当凄风冷雨时，却犹有唱不成调的蝉在鸣，而有时，却更可以听到一只垂毙的蝉为西风所吹，于是竟啪嗒一声从树上落了下来，跌在地上，却还在努力着想飞，想爬，也许还在努力着想唱吧，而事实，却只有追随了落叶乱转几个圈子，然后才歇在什么地方，这才完事了。人们在这时候，便知道时令是已经到了深秋了。

这里我想谈起另外一种蝉。那一种，比较可以多活几天，却正因为它出生也较晚。它们形体较小，脊背及翅叶上均有花纹，名称是因了鸣声而得，叫“知了”。不过也有称作“暑了”的，大概就是指言暑天已了的意思吧。唱了最初的夏的消息的，是蝉，而知了，则也可以说是秋的消息的歌者了。乡里有歌曰：“知了知了。四十天要棉袄。”据云，自听了知了鸣声的四十天以后，天气变寒，是应当改穿棉袄的时候了。我也很爱在凄静的秋的黄昏里，细听那一起一歇的知了的鸣声。

荔枝蜜

杨　朔

花鸟草虫，凡是上得画的，那原物往往也叫人喜爱。蜜蜂是画家的爱物，我却总不大喜欢。说起来可笑。孩子时候，有一回上树掐海棠花，不想叫蜜蜂蜇了一下，痛得我差点儿跌下来。大人告诉我说：蜜蜂轻易不蜇人，准是误以为你要伤害它，才蜇；一蜇，它自己耗尽生命，也活不久了。我听了，觉得那蜜蜂可怜，原谅它了。可是从此以后，每逢看见蜜蜂，感情上疙疙瘩瘩的，总不怎么舒服。

今年四月，我到广东从化温泉小住了几天。四围是山，怀里抱着一潭春水，那又浓又翠的景色，简直是一幅青绿山水画。刚去的当晚，是个阴天，偶尔倚着楼窗一望，奇怪啊，怎么楼前凭空涌起那么多黑黝黝的小山，一重一重的，起伏不断？记得楼前是一片比较平坦的园林，不是山。这到底是什么幻景呢？赶到天明一看，忍不住笑了。原来是满野的荔枝树，一棵连一棵，每棵的叶子都密得不透缝，黑夜看去，可不就像小山似的！

荔枝也许是世上最鲜最美的水果。苏东坡写过这样的诗句：“日啖荔枝三百颗，不辞长作岭南人”，可见荔枝的妙处。偏偏我来的不是时候，满树刚开着浅黄色的小花，并不出众。新发的嫩叶，颜色淡红，比花倒还中看些。从开花到果子成熟，大约得三个月，看来我是等不及吃鲜荔枝了。

吃鲜荔枝蜜，倒是时候。有人也许没听说这稀罕物儿吧？从化的荔枝树多得像汪洋大海，开花时节，那蜜蜂满野嘤嘤嗡嗡，忙得忘记早晚，有时还趁着月色采花酿蜜。荔枝蜜的特点是成色纯，养分多。住在温泉的人多半喜欢吃这种蜜，滋养精神。热心肠的同志为我也弄到两瓶。一开瓶子塞儿，就是那么一股甜香；调上半杯一喝，甜香里带着股清气，很有点鲜荔枝味儿。喝着这样的好蜜，你会觉得生活都是甜的呢。

我不觉动了情，想去看看自己一向不大喜欢的蜜蜂。

荔枝林深处，隐隐露出一角白屋，那是温泉公社的养蜂场，却起了个有趣的名儿，叫“养蜂大厦”。正当十分春色，花开得正闹。一走近“大厦”，只见成群结队的蜜蜂出出进进，飞去飞来，那沸沸扬扬的情景，会使你想：说不定蜜蜂也在赶着建设什么新生活呢。

养蜂员老梁领我走进“大厦”。叫他老梁，其实是个青年人，举动很精细。大概是老梁想叫我深入一下蜜蜂的生活，小心翼翼地揭开一个木头蜂箱，箱里隔着一排板，每块板上满是蜜蜂，蠕蠕地爬着。蜂王是黑褐色的，身量特别细长，每只蜜蜂都愿意用采来的花粉供养它。

老梁叹息似的轻轻说：“你瞧这群小东西，多听话。”

我就问道：“像这样一窝蜂，一年能割多少蜜？”

老梁说：“能割几十斤。蜜蜂这物件，最爱劳动。广东天气好，花又多，蜜蜂一年四季都不闲着。酿的蜜多，自己吃的可有限。每回割蜜，给它们留一点点糖，够它们吃的就行了。它们从来不争，也不计较什么，还是继续劳动、继续酿蜜，整日整月不辞辛苦……”

我又问道：“这样好蜜，不怕什么东西来糟蹋么？”

老梁说：“怎么不怕？你得提防虫子爬进来，还得提防大黄蜂。大黄蜂这贼最恶，常常落在蜜蜂窝洞口。专干坏事。”

我不觉笑道：“噢！自然界也有侵略者。该怎么对付大黄蜂呢？”

老梁说：“赶！赶不走就打死它。要让它待在那儿，会咬死蜜蜂的。”

我想起一个问题，就问：“可是呢，一只蜜蜂能活多久？”

老梁回答说：“蜂王可以活三年，一只工蜂最多能活六个月。”

我说：“原来寿命这样短。你不是总得往蜂房外边打扫死蜜蜂么？”

老梁摇一摇头说：“从来不用。蜜蜂是很懂事的，活到限数，自己就悄悄死在外边，再也不回来了。”

我的心不禁一颤：多可爱的小生灵啊！对人无所求，给人的却是极好的东西。蜜蜂是在酿蜜，又是在酿造生活；不是为自己，而是在为人类酿造最甜的生活。蜜蜂是渺小的；蜜蜂却又多么高尚啊！

透过荔枝树林，我沉吟地望着远远的田野，那儿正有农民立在水田里，辛辛勤勤地分秧插秧。他们正用劳力建设自己的生活，实际也是在酿蜜——为自己，为别人，也为后世子孙酿造着生活的蜜。

这黑夜，我做了个奇怪的梦，梦见自己变成一只小蜜蜂……酿造着未来……

第三辑

狗

小黑狗

萧　红

像从前一样，大狗是睡在门前的木台上。望着这两只狗，我沉默着。我自己知道又是想起我的小黑狗来了。

前两个月的一天早晨，我去倒脏水。在房后的角落处，房东的使女小钰蹲在那里。她的黄头发毛着，我记得清清的，她的衣扣还开着。我看见的是她的背面，所以我不能预测这是发生了什么！

我斟酌着我的声音，还不等我向她问，她的手已在颤抖，唔！她颤抖的小手上有个小狗在闭着眼睛，我问：

“哪里来的？”

“你来看吧！”

她说着，我只看她毛蓬的头发摇了一下，手上又是一个小狗在闭着眼睛。

不仅一个两个，不能辨清是几个，简直是一小堆。我也和孩子一样，和小钰一样欢喜着跑进屋去，在床边拉他的手：

“平森……啊……喔喔……”

我的鞋底在地板上响，但我没说出一个字来，我的嘴废物似的啊喔着。他的眼睛瞪住，和我一样，我是为了欢喜，他是为了惊愕。最后我告诉了他，是房东的大狗生了小狗。

过了四天，别的一只母狗也生了小狗。

以后小狗都睁开眼睛了。我们天天玩着它们，又给小狗搬了个家，把它们都装进木箱里。

争吵就是这天发生的：小钰看见老狗把小狗吃掉一只，怕是那只老狗把它的小狗完全吃掉，所以不同意小狗和那个老狗同居，大家就抢夺着把余下的三个小狗也给装进木箱去，算是那只白花狗生的。

那个毛褪得稀疏、骨骼突露、瘦得龙样似的老狗，追上来。白花狗仗着年轻不惧敌，哼吐着开仗的声音。平时这两条狗从不咬架，就连咬人也不会。现在凶恶极了。就像两条小熊在咬架一样。房东的男儿、女儿、听差、使女，又加我们两个，此时都没有用了。不能使两个狗分开。两个狗满院疯狂地拖跑。人也疯狂着。在人们吵闹的声音里，老狗的乳头脱掉一个，含在白花狗的嘴里。

人们算是把狗打开了。老狗再追去时，白花狗已经把乳头吐到地上，跳进木箱看护它的一群小狗去了。

脱掉乳头的老狗，血流着，痛得满院转走。木箱里它的三个小狗却拥挤着不是自己的妈妈，在安然地吃奶。

有一天，把个小狗抱进屋来放在桌上，它害怕，不能迈步，全身有些颤，我笑着像是得意，说：

“平森，看小狗啊！”

他却相反，说道："哼！现在觉得小狗好玩，长大要饿死的时候，就无人管了。"

这话间接的可以了解。我笑着的脸被这话毁坏了，用我寞寞的手，把小狗送了出去。我心里有些不愿意，不愿意小狗将来饿死。可是我却没有说什么，面向后窗，我看望后窗外的空地；这块空地没有阳光照过，四面立着的是有产阶级的高楼，几乎是和阳光绝了缘。不知什么时候，小狗是腐了，烂了，挤在木板下，左近有苍蝇飞着。我的心情完全神经质下去，好像躺在木板下的小狗就是我自己，像听着苍蝇在自己已死的尸体上寻食一样。

平森走过来，我怕又要证实他方才的话。我假装无事，可是他已经看见那个小狗了。我怕他又要象征着说什么，可是他已经说了：

"一个小狗死在这没有阳光的地方，你觉得可怜么？年老的叫花子不能寻食，死在阴沟里，或是黑暗的街道上；女人，孩子，就是年轻人失了业的时候也是一样。"

我愿意哭出来，但我不能因为人都说女人一哭就算了事，我不愿意了事。可是慢慢的我终于哭了！他说："悄悄，你要哭么？这是平常的事，冻死，饿死，黑暗死，每天都有这样的事情，把持住自己。渡我们的桥梁吧，小孩子！"

我怕着羞，把眼泪拭干了，但，终日我是心情寞寞。

过了些日子，十二个小狗之中又少了两个。但是剩下的这些更可爱了。会摇尾巴，会学着大狗叫，跑起来在院子就是一小群。有时门口来了生人，它们也跟着大狗跑去，并不咬，只是摇着尾巴，就像和生人要好似的，这或是小狗还不晓得它们的责任，还不晓得保护主人的财产。

天井中纳凉的软椅上，房东太太吸着烟。她开始说家常话了。结果又说到了小狗：

“这一大群什么用也没有，一个好看的也没有，过几天把它们远远地送到马路上去。秋天又要有一群，厌死人了！”

坐在软椅旁边的是个六十多岁的老更倌。眼花着，有主意的嘴结结巴巴地说：“明明……天，用麻……袋背送到大江去……”

小钰是个小孩子，她说：“不用送大江，慢慢都会送出去。”

小狗满院跑跳。我最愿意看的是它们睡觉，多是一个压着一个脖子睡，小圆肚一个个的相挤着。凡来了熟人的时候都是往外介绍，生得好看一点的抱走了几个。

其中有一个耳朵最大，肚子最圆的小黑狗，算是我的了。我们的朋友用小提篮带回去两个，剩下的只有一个小黑狗和一个小黄狗。老狗对它两个非常珍惜起来，争着给小狗去舐绒毛。这时候小狗在院子里已经不成群了。

我从街上回来，打开窗子。我读一本小说。那个小黄狗挠着窗纱，和我玩笑似的竖起身子来挠了又挠。

我想：“怎么几天没有见到小黑狗呢？”

我喊来了小钰。别的同院住的人都出来了，找遍全院，不见我的小黑狗。马路上也没有可爱的小黑狗，再也看不见它的大耳朵了！它忽然是失了踪！

又过三天，小黄狗也被人拿走。

没有妈妈的小钰向我说："大狗一听隔院的小狗叫，它就想起它的孩子。可是满院急寻，上楼顶去张望。最终一个都不见，它哽哽地叫呢！"

十三个小狗一个不见了！和两个月以前一样，大狗是孤独地睡在木台上。

平森的小脚，鸽子形的小脚，栖在床单上，他是睡了。我在写，我在想，玻璃窗上的三个苍蝇在飞……

小狗包弟

巴　金

一个多月前，我还在北京，听人讲起一位艺术家的事情，我记得其中一个故事是讲艺术家和狗的。据说艺术家住在一个不太大的城市里，隔壁人家养了小狗，它和艺术家相处很好，艺术家常常用吃的东西款待它。“文革”期间，城里发生了从未见过的武斗，艺术家害怕起来，就逃到别处躲了一段时期。后来他回来了，大概是给人揪回来的，说他“里通外国”，是个反革命，批他，斗他，他不承认，就痛打，拳打脚踢，棍棒齐下，不但头破血流，一条腿也给打断了。批斗结束，他走不动，让专政队拖着他游街示众，衣服撕破了，满身是血和泥土，口里发出呻吟。认识的人看见半死不活的他都掉开头去。忽然一只小狗从人丛中跑出来，非常高兴地朝着他奔去。它亲热地叫着，扑到他跟前，到处闻闻，用舌头舐舐，用脚爪在他的身上抚摸。别人赶它走，用脚踢，拿棒打，都没有用，它一定要留在它的朋友的身边。最后专政队用大棒打断了小狗的后腿，它发出几声哀叫，痛苦地拖着伤残的身子走开了。地上添了血迹，艺术家的破衣上留下几处狗爪印。艺术家给关了几年才放出来，他的第一件事就是买几斤肉去看望那只小狗。邻居告诉他，那天狗给打坏以后，回到家里什么也不吃，哀叫了三天就死了。

听了这个故事，我又想起我曾经养过的那条小狗。是的，我也养过狗，那是一九五九年的事情，当时一位熟人给调到北京工作，要将全家迁去，想把他养的小狗送给我，因为我家里有一块草地，适合养狗的条件。我答应了，我的儿子也很高兴。狗来了，是一条日本种的黄毛小狗，干干净净，而且有一种本领：它有什么要求时就立起身子，把两只前脚并在一起不停地作揖。这本领不是我那位朋友训练出来的，它还有一位瑞典旧主人，关于他我毫无所知。他离开上海回国，把小狗送给接受房屋租赁权的人，小狗就归了我的朋友。小狗来的时候有一个外国名字，它的译音是“斯包弟”。我们简化了这个名字，就叫它作“包弟”。

包弟在我们家待了七年，同我们一家人相处得很好。它不咬人，见到陌生人，在大门口吠一阵，我们一声叫唤，它就跑开了。夜晚篱笆外面人行道上常常有人走过，它听见某种声音就会朝着篱笆又跑又叫，叫声的确有点刺耳，但它也只是叫几声就安静了。它在院子里和草地上的时候多些，有时我们在客厅里接待客人或者同老朋友聊天，它会进来作几个揖，讨糖果吃，引起客人发笑。日本朋友对它更感兴趣，有一次大概在一九六三年或以后的夏天，一家日本通讯社到我家来拍电视片，就拍摄了包弟的镜头。又有一次日本作家由纪女士访问上海，来我家做客，对日本产的包弟非常喜欢，她说她在东京家中也养了狗。两年以后，她再到北京参加亚非作家紧急会议，看见我她就问：“您的小狗怎样？”听我说包弟很好，她笑了。

我的爱人萧珊也喜欢包弟。在三年困难时期，我们每次到文化俱乐部吃饭，她总要向服务员讨一点骨头回去喂包弟。一九六二年我们夫妇带着孩子在广州过了春节，回到上海，听妹妹们说，我们在广州的时候，睡房门紧闭，包弟每天清早就在房门口等候我们出来。它天天这样，从不厌倦。它看见我们回来，特别是看到萧珊，不住地摇头摆尾，那种高兴、亲热的样子，现在想起来我还很感动，我仿佛又听见由纪女士的问话："您的小狗怎样？"

"您的小狗怎样？"倘使我能够再见到那位日本女作家，她一定会拿同样的一句话问我。她的关心是不会减少的。然而我已经没有小狗了。

一九六六年八月下旬红卫兵开始上街抄"四旧"的时候，包弟变成了我们家的一个大"包袱"，晚上附近的小孩时常打门大喊大嚷，说是要杀小狗。听见包弟尖声吠叫，我就胆战心惊，害怕这种叫声会把抄"四旧"的红卫兵引到我家里来。当时我已经处于半靠边的状态，傍晚在院子里乘凉，孩子们都劝我把包弟送走，我请我的大妹妹设法。可是在这时节谁愿意接受这样的礼物呢？据说只好送给医院由科研人员拿来做实验用，我们不愿意。以前看见包弟作揖，我就想笑，这些天我在机关学习后回家，包弟向我作揖讨东西吃，我却暗暗地流泪。

形势越来越紧。我们隔壁住着一位年老的工商业者，原先是某工厂的老板，住屋是他自己修建的，同我的院子只隔了一道竹篱。有人到他家去抄"四旧"了。隔壁人家的一动一静，我们听得清清楚楚，从篱笆缝里也看得见一些情况。这个晚上附近小孩几次打门捉小狗，幸而包弟不曾出来乱叫，也没有给捉了去。这是我六十多年来第一次看见抄家，人们拿着东西进进出出，一些人在大声叱骂，有人摔破坛坛罐罐，这情景实在可怕。十多天来我就睡不好觉，这一夜我想得更多，同萧珊谈起包弟的事情，我们最后决定把包弟送到医院去，交给我的大妹妹去办。

包弟送走后，我下班回家，听不见狗叫声，看不见包弟向我作揖，跟着我进屋，我反而感到轻松，真有一种甩掉包袱的感觉。但是在我吞了两片眠尔通、上床许久还不能入睡的时候，我不由自主地想到了包弟，想来想去，我又觉得我不但不曾甩掉什么，反而背上了更加沉重的包袱。在我眼前出现的不是摇头摆尾、连连作揖的小狗，而是躺在解剖桌上给割开肚皮的包弟。我再往下想，不仅是小狗包弟，连我自己也在受解剖。不能保护一条小狗，我感到羞耻；为了想保全自己，我把包弟送到解剖桌上，我瞧不起自己，我不能原谅自己！我就这样可耻地开始了十年浩劫中逆来顺受的苦难生活。一方面责备自己，另一方面又想保全自己，不要让一家人跟自己一起堕入地狱。我自己终于也变成了包弟，没有死在解剖桌上，倒是我的幸运。……

整整十三年零五个月过去了。我仍然住在这所楼房里，每天清早我在院子里散步，脚下是一片衰草，竹篱笆换成了无缝的砖墙。隔壁房里增加了几户新主人，高高墙壁上多开了两堵窗，有时倒下一点垃圾。当初刚搭起的葡萄架给虫蛀后早已塌下来扫掉，连葡萄藤也被挖走了。右面角上却添了一个大化粪池，是从紧靠着的五层楼公寓里迁过来的。少掉了好几株花，多了几棵不开花的树。我想念过去同我一起散步的人，在绿草如茵的时节，她常常弯着身子，或者坐在地上拔除杂草，在午饭前后她有时逗着包弟玩。……我好像做了一场大梦。满园的创伤使我的心仿佛又给放在油锅里熬煎。这样的熬煎是不会有终结的，除非我给自己过去十年的苦难生活作了总结，还清了心灵上的欠债，这绝不是容易的事。那么我今后的日子不会是好过的吧。但是那十年我也活过来了。

即使在“说谎成风”的时期，人对自己也不会讲假话，何况在今天，我不怕大家嘲笑，我要说：我怀念包弟，我想向它表示歉意。

一九八〇年一月四日

猫狗

梁遇春

惭愧得很，我不单是怕狗，而且怕猫，其实我对于六合之内一切的动物都有些害怕。

怕狗这个情绪是许多人所能了解的，生出同情的。我的怕狗几乎可说是出自天性。记得从前到初等小学上课时候，就常因为恶狗当道，立刻退却，兜个大圈子，走了许多平时不敢走的僻路，结果是迟到同半天的心跳。十几年来踽踽地踯躅于这荒凉的世界上。童心差不多完全消失了，而怕狗的心情仍然如旧，这不知道是不是可庆的事。

怕狗，当然是怕它咬，尤其怕被疯狗咬。但是既会无端地咬起人来，那条狗当然是疯的。猛狗是可怕的，然而听说疯狗常常现出驯良的神气，尾巴低垂夹在两腿之间。并且狗是随时可以疯起来的。所以天下的狗都是可怕的。若使一个人给疯狗咬了，据说过几天他肚子里会发出怪声，好像有小疯狗在里叫着。这真是惊心动魄极了，最少对于神经衰弱的我是够恐怖了。

我虽然怕它，却万分鄙视它，厌恶它。缠着姨太太脚后跟的哈巴狗是用不着提的。就说那驰骋森林中的猎狗和守夜拒贼的看门狗罢！见着生客就狺狺着声势逼人，看到主子立刻伏贴贴地低首求欢，甚至于把前面两脚拱起来，别的禽兽绝没有像它这么奴性十足，总脱不了“走狗”的气味。西洋人爱狗已经是不对了，他们还有一句俗语“若使你爱我，请也爱我的狗罢”(Love me, Love my dog)，这真是岂有此理。人没有权利叫朋友这么滥情。不过西洋人里面也有一两人很聪明的。歌德在《浮士德》里说那个可怕的 Mephistopheles 第一次走进浮士德的书房，是化为一条狗。因此我加倍爱念那部诗剧。

可是拿狗来比猫，可又变成个不大可怕的东西了。狗只能咬你的身体，猫却会蚕食你的灵魂，这当然是迷信，但是也很有来由。我第一次怕起猫来是念了爱伦·坡的短篇小说《黑猫》。里面叙述一个人打死一只黑猫，此后遇了许多不幸事情而他每次在不幸事情发生的地点都看到那只猫的幻形，狞笑着。后来有一时期我喜欢念外国鬼怪故事，知道了女巫都是会变猫的，当赴撒旦狂舞会时候，个个女巫用一种油涂在身上，念念有词，就化成一只猫从屋顶飞跳去了。中国人所谓狐狸猫，也是同样变幻多端，善迷人心灵的畜生，你看猫的脚踏地无声，猫的眼睛总是似有意识的，它永远是那么偷偷地潜行，行到你身旁，行到你心里。《亚俪斯游记》里不是说有一只猫现形于空中，微笑着。一会儿猫的面部不见了，光剩一个笑脸在空中。这真能道出猫的神情，它始终这么神秘，这么阴谋着，这么留一个抓不到的影子在人们心里。欧洲人相信一只猫有十条命，仿佛中国也有同样的话，这也可以证明它的精神的深刻矫健了。我每次看见猫，总怕它会发出一种魔力，把我的心染上一层颜色，留个永不会褪去的痕迹。碰到狗，我们一躲避开，什么事都没有了，遇见猫却不能这么容易预防。它根本不伤害你的身体，却要占住你的灵魂，使你失丢了人性，变成一个莫名其妙的东西，这些事真是可怕得使我不敢去设想，每想起来总会打寒噤。

上海是一条狗，当你站在黄浦滩闭目一想，你也许会觉得横在面前是一条恶狗。狗可以代表现实的黑暗，在上海这现实的黑暗使你步步惊心，真仿佛一条疯狗跟在背后一样。北平却是一只猫。它代表灵魂的堕落。北平这地方有一种霉气，使人们百事废弛，最好什么也不想，也不干了，只是这么蹲着痴痴地过日子。真是一只大猫将个个人的灵魂都打上黑印，万劫不复了。

若使我们睁大眼睛，我们可以看出世界是给猫狗平分了。现实的黑暗和灵魂的堕落霸占了一切。我愿意这片大地是个绝无人烟的荒凉世界，我又愿意我从来就未曾来到世界过。这当然只是个黄金的幻梦。

追念小友阿黑

周瘦鹃

我还清楚地记得，这一天是一九五七年一月十三日，气温低到了摄氏零度以下，风像虎啸般在呼呼地刮。我的心上似乎压着一大块铅，沉重得很，原来我的小友阿黑忽地死了！阿黑是谁？并不是所谓圆颅方趾的人类，而是在我家活了十八年的一头黑毛母狗。

在抗日战争期间，我家原有一头黄色的母狗，不幸牺牲于日寇枪弹之下，也算是殉了国；遗下了两个孤儿，一黄一黑，黄的不久夭折了，就剩下了黑的，孤零零地活着，这就是我的小友阿黑。那时我在上海《申报》馆工作，全家移居上海，由花工张世京留守家园，照顾花木，阿黑也是他饲养长大的；屈指算来，已足足有十八年之久了。

阿黑恰在苏州沦陷的黑色日子里出生，可说是饱经了忧患。它的母亲殉了难，先就享受不到温暖的母爱；然而它竟顽强地成长起来，茁壮可喜。有时我从上海含垢忍辱地回到苏州来看看故园花木，它虽并不跟我常见，可是一见我进门，就摇头摆尾，表示欢迎，好像认识我这名义上的主人似的。

它在这漫长的十八年间，倒也可以说得上是迭经世变、饱阅沧桑的了。它曾亲见穷凶极恶的日寇垂头丧气地退出了苏州，亲见祖国获得了最后胜利。它的小心眼里，也许会因母亲之死得到了报偿而分外高兴吧！它也曾亲见我全家重返故园，不再让它消磨那寂寞的时光。它也曾亲见我流干了眼泪，埋葬我那三十年来相依为命的亡妻胡凤君。它也曾亲见我鸠工庀材，在劫灰中重建了家宅。它也曾亲见我重续鸾胶，和三个小女儿的先后诞生。它也曾亲见我那些成年的子女，逢到岁时令节，跟他们的爱人成双作对而来，和我同叙天伦之乐。它也曾亲见人民解放军浩浩荡荡地进入苏州，解放了这个灰溜溜的古城。它也曾亲见我先后当选了市人民代表和省人民代表，过着晚年甜蜜蜜的幸福生活。它也曾亲见这些年来国内外贵宾们的光临小园，而伴同我欢迎和欢送。十八年来，它跟我共忧患，同安乐，已滋长了亲如骨肉的情感。它好容易从烽火连天中成长起来，仿佛是一个二九年华的少女，正在挺好的年头。我希望它好好地活下去，看到一个十足富强的社会主义新中国的建成。谁知它竟死了，默默地死了，怎么不使我为它悲哀，为它落泪！

阿黑是中型的身材，长着一身光泽的黑毛，只有腹部和四只脚是白色的，简直是其白如雪。它平日深居简出，守身如玉，十八年来从未生育过。它看守门户十分尽职，一听得陌生的人声，就吠叫报警，然而绝不胡乱咬人。我有时为了参加晚会，夜深回家，它总在门口摇尾相迎，从不偷懒。它生性特别温和，常跟小猫在一起玩，让它在身上跳荡，绝不生气。我每天在午晚就餐时，它总守候在侧，似在耐心地伺候我。餐罢我总把鱼骨、肉皮、虾壳等亲自喂给它吃，它吃完之后，又在门口等着，我总得把嚼烂了的最后一口饭菜赏给它，习以为常，它也欣然领受。一个月前，它的腹下生了一个瘤，没法给它疗治，哪知竟天天肿大，终于溃烂；但它依然很活泼，每天依然伺候我吃饭，像平时一样。我以为这是不妨事的，就麻痹大意起来。不料一连几天，我为了出席市人民代表大会，不在家里吃饭，它也就躺在柴房中，不再出来。到了十三日清早，旭日尚未东升的时候，劳动大娘来报阿黑死了。我大吃一惊，立即跑去看它，见它侧身躺在稻草上，好像睡熟了一样。我掉着眼泪，回身到客堂中把花瓶里插着的一枝蜡梅花拔了，仍然跑到柴房门口，安放在它那毛色漆黑的身上，悄悄地说道："阿黑，你好好地去吧，但我希望你再来！"并作悼诗云：

忧乐相依十八年，迎宾司户念君贤。而今归向灵山去，何日重来续旧缘？

关于狗的回忆

傅　雷

当同学们在饭堂里吃饭，或是吃完饭走出饭堂的时候，在桌子与桌子中间，凳子与凳子中间，常常可以碰到一二只俯着头寻找肉骨的狗，拦住他们的去路。他们为维持人类的尊严起见，便冷不防地给它一脚，——On Lee 一声，它自知理屈的一溜烟逃了。

On Lee 一声，对于那位维持人类尊严的同学，固然是一种胜利的表示，对于别的自称"万物之灵"的同学们，或许也有一种骄傲的心理。可是对于我，这个胆怯者、弱者、根本不知道"人类尊严"的人，却是一个大大的刺激。或者是神经衰弱的缘故吧！有时候，这一声竟会使我突然惊跳起来，使同坐的 L 放了饭碗，奇怪地问我。

为了这件小小的事情，在饭后的谈话中，我便讲起我三年前的一篇旧稿来：

那时我还在 W 校读书，照他们严格的教会教育，每天饭后须得玩球的，无论会的，不会的，大的，小的，强者，弱者；凡是在一院里的，统得在一处玩，这是同其他的规则一样，须绝对遵守的。

一天下午，大家正照常地在草地上玩着足球，呼喊声，谈话声，相骂声，公正人的口笛声……杂在一堆，把沉寂的下午，充满着一种兴奋的、热烈的空气。

忽然的，不知从时候地方进来了一条黄狗，他还没有定定神舒舒气的时候，早已被一个同学发见了……一个，……两个，……四个的发见了！噪逐起来了！

十个，二十个……的嗓逐起来了。有的已拾了路旁的竹竿，或树枝当武器了。

霎时间全场的空气都变了，球是不知到了那里去了，全体的人发疯似的像追逐宝贝似的噪逐着。

兴高采烈的教士——运动场上的监学——也呆立着，只睁着眼看着大家如醉如狂地追逐一条拼命飞奔的狗。

它早已吓昏了，还能寻出来路而逃走吗？它只是竖起两耳，拖着尾巴，像无头苍蝇一样的满场乱跑。雨点般的砖头、石子，不住的中在它的头上、背上……它是真所谓“惶惶如丧家之犬”了！

渐渐的给包围起来了，当它几次要想从木栅门中钻出去而不能之后。而且，那时它已经吃了好几下笨重的棍击，和迅急的鞭打。

不知怎样的，它竟冲出重围，而逃到毛厕里去了。

霎时间，毛厕外面的走廊中聚满了一大堆战士。

“好！毛厕里去了！”一个手持树枝的同学喊道。

“那……最好了！”又一个上气不接下气的回答着。

“自己讨死……快进去吧！”

毛厕的门开了，便发见它钻在两间毛厕的隔墙底下，头和颈在隔壁，身子和尾巴在这一边。

可怜的东西，再也没处躲闪了，结实的树枝鞭挞抽打！它只是一声不响地，拼命的挨想把身子也挨过墙去。

钟声救了它，把一群恶人都唤了去。

当我们排好队伍，走过毛厕的时候，一些声音也没有。虽然学生们很守规矩，很静默地走着，但我们终听不到狗的动静。

当我们刚要转弯进课堂的时候，便看见三四个校役肩着扁担，拿着绳子，迎面奔来，说是收拾他去了。

果然，当三点钟下课，我们去小便的时候，那条狗早已不在了，毛厕里只有几处殷红的血迹，很鲜明的在潮湿的水门汀上发光，在墙根还可寻出几丛黄毛。除此之外，再也没有狗的什么遗迹了。

一直到晚上，没有一个同学提起这件事。

隔了两天，从一个接近校役的同学中听到了几句话：

“一张狗皮换了二斤高粱，还有剩钱大家分润！”

“狗肉真香！……比猪肉要好呢！昨天他们烧了，也送我一碗吃呢。啊那味儿真不错！”

我那时听了，不禁怒火中烧，恨不得拿手枪把他们——凶手——一个个都打死！

于是我就做了一篇东西，题目就叫“勃郎林”。大骂了一场，自以为替狗出了一口冤气。

那篇旧稿，早已不知道到哪里去了。可是那件事情，回忆起来，到至今还叫我有些余愤呢！……

我讲完了，叹了一口气，向室中一望：L已在打盹了。S正对着我很神秘地微笑着，好像对我说："好了！说了半天，不过一只死狗！也值得大惊小怪的吗？"

我不禁有些怅然了！

十五年，十二，十五深夜草毕

狗

靳　以

豢养猫啊狗啊的兴致，只是我的姊姊有的，用好话从亲友那里讨了来是她，关心饮食沐浴的是她，为着这些小动物流泪的也是她；自从被遣嫁了，她所豢养的猫狗，就死的死了，逃的逃了。就是到了辽远的×城去，在信中还殷切地问到花花黑黑的近况，她再也想不到随了中落之家，花花死了，黑黑从半掩的街门，不知逃到哪一方去了。

对于狗，在初小的时候就留下恐惧的影子。记得那是到左邻的一家去，在那家的后院里，我还想得起有许多只瓦缸，有的长着荷花，有的养了金鱼。把小小的头探在缸沿，望着里面的游鱼漾碎一张自己圆圆的脸影，是最感觉兴味的事。每次去把腿跨进一尺半高的门限已经是一件难事了，才怀着一点欣悦站到里面，洪亮的犬吠立刻就响起来。一只高大的狗跳跃着，叫着，颈间锁着的铁链声混在叫声之中。它的剽悍勇猛，像是随时可以挣断那条铁链，嘴角流着沫，眼睛像是红的。我总是被吓得不敢动一步，连反身逃走的心念也忘了，而为犬声惊动的好心主人，就会从上房走出来，一面“畜生畜生”地叱住了狗，一面走来领了我的手，还再三地说着："不要怕，不要怕，它不会咬人的。"

它真是没有咬过我，可是我每次走去，它总要凶恶地大叫一声。

"红眼睛的狗是咬死人的，尾巴垂下来的是疯狗……"不知谁和我这样说过一次，印象深深地刻在心中。"……要躲开它们，咬了要死的。"

已是一个怕狗的孩子，当然更会记得清清楚楚。却有一次，午饭后，许多同学都跑到学校后门那里去看疯狗，自己也就壮壮胆子夹在里面。在那小学校的后面，正是一座小药王庙，许多人围了庙前的旗杆。我钻进去，才看见这旗杆脚下用麻绳绑了一只黄狗。不大，也不记得尾巴是否垂下，只是被两三个汉子用木棍挥打。那条狗像用尽所有的力量想逃开，时时被打得躺在那里；可是过一些时又猛力地冲一下。它不是吠叫着了，它是哀鸣，它的嘴角流着血。相反我所有的记忆，那条疯狗并不使我恐惧，却引起我的怜悯。我想哀求他们停一停手，更多的人却笑着十分得意的样子。我只能忍着两只湿润的眼睛，又从人群中钻了出来。

那条瘦小的狗，它的哀鸣，它那流血的嘴，在我的脑子上涂了鲜明的色彩，梦中显现出来就哭着醒了的时候有过不止一次两次。

"为什么他们要打死它呢?"

想着，问着这同一的话，在抚慰着的母亲，只是温和地拍着身子，一直到又睡着了的时候。

长成了的时节，把活生生的人强制地置之死地的事也不知看过了多少桩，想来为着一条疯狗而流泪的举动是太愚蠢了。多少年的真实生活，把自己的个性磨成没有棱角随方就圆，不知是为了自己还是为了别人才活下去。一天又一天，每天都是不知为了什么忙碌着，可是我并不愉快，连一点安静的心情也很少有。

我的感觉渐渐地变为迟钝了，我知道我所看到和我所听到的，并不是不移的真实。由于恶的天性，由于虚伪，什么都变了样。我曾经做过十足的呆子，可是一个呆子，在这个社会上，也能得着一点小小的聪明。

有一次，真的深深地打动了我的还是一条狗，那是当我住在 × 城的时节。总是秋尽的十月天吧，还下着雨，随了雨俱来的是透衣的寒冷。我是从友人家出来，近黄昏，原是说好晚饭后才回去的，却为了一转念间想到早归，便起身告辞了。友人再三好心地留我，说是等雨停了再走也不迟；可是我知道黄昏还飘雨，总有一夜的淅沥。

不知道那一次为什么，我没有坐车子，便独自在雨中行走，也许是又记起来忘却的癖好。街上的人并不多，所以自己才得十分悠闲地迈着步子。

好像是在一个路口那里停下来，因为路不熟，正在想着该顺着哪一条路走去，一间破旧的房子正迎了我，响着细细的小狗的鸣声，低下了头，就看到破檐下墙根旁，一条狗卧在那里，三只或是四只还没有张开眼的小狗蠕蠕地动着，抢着去吃奶。

那是一条瘦得不像样子的狗，还在病着，好像再也不能活上两三天。身上的皮毛有几处是脱落了，雨又浇得湿淋淋的，半闭着的眼睛已经变了色，艰难地做着最后的呼吸，看得出腹部上迟缓的一起一伏。它就是蜷卧在那里，大约还是几天没有食物下口了，难得再移动一步。有时候它的眼睛张开了，眼珠显得十分呆滞，强自抬起头贪婪地看看那几个狗崽，便又闭了眼，垂下头去。可是它还不忘记把后腿动一下，或是把腹部转一下，为了使小狗能更容易些衔住乳头。有的时候一条小狗跑近它的头部，几乎是直觉地伸出舌头来，缓缓地一下一下在小狗的身上舐着。它却不记得泥水浸着它的身子，它也忘记了即将来临的死亡！……

我几乎是惊住了，就站在那里。有的人从我的身边过去了，像没有我的存在；有的人把好奇的眼睛朝我望了望。我自己可是被这景象所感动了，我几乎要流泪了。我不愿意过于柔弱，可是在这伟大的真情下，我怎么还能止住我的泪呢？觉得惭愧了吧，觉得渺小了吧，而在自己，为了那时母亲才故去不多时，心中更有着难以说出的酸楚呢！

兀自站在那里，不忍离去，雨是渐晚渐大了，心中在想着它们该挪动一下了，不然雨水会更多地落在它的身上，那么它更要少看几眼它的幼小者。

为着不幸的狗而深思着，却不提防雨水已经淋透了帽子还着着实实地湿彻了两肩。一股寒冷穿进了我的心，我的身子在微微颤抖着，我不得不再移动我的脚步，可是我的脚步是更迟钝了。

夜沉了下来，在细细的小狗的鸣叫之中，还有那条母狗的哀鸣。它是留恋呢，还是怨愤呢，却难为人所知了。

我还记得后几日间我总像听到那哀鸣的声音，而一闭起了眼，就像又看到垂死的狗和它那一群才到世上来的子女们。

养狗的故事

陶晶孙

有人爱狗，有人不爱狗。

我很爱狗。

我有一只狗，叫“费扶丁”，这一次打仗，我们大家避难时，她饿死在她的犬房里了。

我们避难的那一天，我预备再回家一次，所以叫她坐在犬房中，然后大家出去的，可是当日晚上我不能回去，到了第二天，我家早在火线之中了。

等了一个月，用了种种方法后，我才能够回去看一看，费扶丁死在犬舍里了。

我把费扶丁埋葬在园中柏树之下，再把家里的东西整理一下，台子上只有一张废纸，就提笔写“饿死事小，失节事大”几个字，然后离开我的旧家。

我第一次养狗，还是在大学生的时候，大学实验室的助手送给我一只小狗，我给她题名叫“由那”。这只狗玲珑小巧，常跟我到餐馆吃夜饭，我爱吃一客有牛排的西菜和好的咖啡，每道菜都分给她吃一点。不过因为她吃得不够，所以常爱到郭沫若的家里去吃一点回来。

她到夜里爱钻进我的被窝里困，所以我省去一个汤婆子。到了早晨，我牵她出来，看她还在呼呼地困着，还可以闻着咸肉香或者大葱味。我想想如果讨了老婆，也要变成这样。

不晓得什么时候，不晓得她在什么地方爱上了别的狗。有一个时候，她的肚皮大起来了，我想，就算她生不成一百六十八个子孙，她可以有五六只小狗生出来了。不幸，很不幸，在她生产之前，她生病死了。我疑心那个大学实验室助手是不是把染着毛病的狗送给我，不过，我就脱下我的大学生制服，把她包扎好，埋在大学园中的松树之下，如造墓标怕人移去，就在松树上刻了数句拉丁语。

现在我的儿子快要入大学了，因为买不起制服，他的小气的母亲却想着那一件制服了。

第二只狗叫“登”，她陪着我的结婚生活，前后共十年。她是猎犬之后裔，有一个研究自然哲学者给我的时候，还不过生后两个月。那个时候，我们结婚也不过两个月。

登既活泼而又开心，见飞在天上之鸟，最为关心，见别人家的鸡，也一定要去追，甚至于把他衔回来。她一天在外，在风月花鸟之中，因为有她，所以我每次搬场，一定要搬到旷野有野鸟之处，为了她，我常常受邻近养鸡人家的抗议。

我们将渡海回乡之时，有个女学校的先生说要她了，因此我就替她开腹取出卵巢，然后，送给这女先生了，免得女学校中有异性之狗进去妨碍性教育。

我的第三只狗就是“费扶丁”。后来我能支配有一个研究所的一部分范围了，我们有约莫一百只狗，都是为学术而用的。有一次来了一只生皮肤病的狗，弄得许多狗都传染着了，不久，大家变成为剥了皮的样子，因此我不得不自己来弄狗的事体了；我就给群狗停吃猪肉，给它们吃牛肉，吃硫黄药等等，不久又恢复高兴的样子了。

费扶丁有猛大的力量，高迈的志气。原来多与狗交际者，就晓得狗也有各种各样的性格，好像在某作家旅行记中说人和马交际的时候，会懂马的美点一样，我爱她的志气，就叫她做我的良友。

费扶丁并不一定听我的话，她有她的一定意志，好像她在早晨，到了一定时候，会高叫而会促我出门，或者如不侵犯别之园地，而守看自己之园地，或者看路上群犬在争斗时候会去扶弱助强。

费扶丁死了，一时我没有养过狗，最近有人送给我一只狗，我试同他交际交际，晓得他年岁比较老，他已经换过几个主人，为了饥饿的缘故吧，他也爱把人给他吃的都吃，不像娇养惯了的狗。

他并不很漂亮，但是他的眼睛很清爽而无邪气，锐利而忠厚，他的皮肤毛色略已退失光泽。他见我也不摇尾，我给他东西吃就吃，他不声不响吃的。有一次他被警察捉去，他们因为没有事，看见友队养着旧犬，所以要把他来对付对付。他便不声不响地给捉去了，不过等到有了机会，他并不感谢他们所给的美食而逃回来了。

只有他的名字，我不晓得，我也不便随便替他定一个，不过没有名字，却很不便，我已经想了两个星期。有一天，我看见小镇上一家店里的人有意把一面盆的开水向他身上浇去，他被浇着了并不叫一声，以得浇水者的喝彩。又有一次，他几乎被一个瘪三烹了，他仍安然逃回来，所以他的背上，还留有一些焦的地方。

在这两天之后，我给他一根牛骨，同时有一个我的朋友，他是医学博士而研究精神病的，他说，我们现在是被人颠倒挂起来也不出血了。我就说，被烹也不会死了，从此以后，我的狗便取名叫烹狗。

群狗

孙了红

从小我就喜欢养狗，在我十二三岁的时候，最多我曾养过四只狗。狗的食量也相当大，一只哈巴狗的食量，至少要超过一个三四岁的孩子。那个时候物价贱，我的家境也很好，所以一养就养上了四只小哈巴。换了现在，拖着一支害肺病的笔，无论如何，也写不出四只狗的粮食来，所以直到现在，我虽一直还很喜欢狗，为了没有钱，我只能眼看这些摇尾巴的生物，专门去向别人摇尾巴。

那时我所养的四只小哈巴，其中的两只，我已记不清它们的样子。只记得另外两只，一只是黑白色的，一只是黄白的。这黄白色的一只先到我家，家里的人替它取了一个名字叫作来富。我们中国人喜欢吉利，人的大号，常常用荣华富贵，替狗取名字，也离不了这个调子。这一只来富，腿特别矮，走路东一拐西一歪，非常有趣。它像一个女孩子一样，顽皮的时节顽皮得厉害；可是看见了生人，却又十分怕羞，时常悄悄躲在身边，一点声音都没有。另外那只黑白色的，是一个英国人送给我们的，原来有个名字叫作保罗。这是个教名，我不知道它是否信仰上帝？它来的时候，颈子里就缚着一个很漂亮的圈，像是带着领圈，给人一种穿洋装的印象。这只小保罗，有一种挺怪僻的脾气，看见衣服穿得不十分好的人，它倒并不狂吠乱咬，只用一种严肃的眼光，注视那个人，表示它的厌恶。那时我们家里开着一个钟表店，店里常有华贵的小姐们出进，这小东西却专喜欢对她们摇尾巴。那时我家的人常常笑着说：这只洋装小狗的尾巴，倒好像专为那些漂亮小姐而生的。直到如今，我一想起这一只狗，同时也会想起我的朋友某君，我不知道这种联想是如何发生的？

那时我真喜欢这四只狗，差不多是形影不离，到晚上我就让它们同睡在我的小铁床上，人和狗挤在一起。为了这件事，我常常受到父母严厉的呵责，可是我不听话，那四只狗也不听话，大人们把它们从床上驱走，不是我把其中的一只抱上了床，就是它们中有一两只跳了上来；一只跳上来，大队也就跟之而来，结果，依然挤满了一床。大人弄得没法，只能督促佣人多给它们洗澡，洗完澡，还替它们洒上一些香水，索性让它们睡在我的床上。

后来我到民立中学去读书，寄宿在学校里，到星期六才能回家。我每次回家，这四只狗一听到我的声音，简直像四条狼那样从门里射出来来欢迎我，那种疯狂的高兴，使我无法形容。它们简直是从四面八方包围上来向我冲锋。跳得高的蹿过了我的头，有的狂伸着舌头想舐我的脸。它们这样高兴，为的是我一到家，它们又能受到饮食上的优待，至少在晚上又有温软的床铺可睡。人想享受狗也想享受，它们的高兴，原是不为无因的。

以后这四只小狗，死的死了，走失的走失了，记得还有两只，那是由亲友们强讨去的。而从那时候起，我家的景况，也一天不如一天，我们把花园房子卖掉了，店也盘给了别人，我们的房屋越住越小，从此不再有豢养四只狗的环境，而我也从此有很长的时间不再养狗。记得最初第一只狗，我们替它取名“来富”，在它来的时候，我们果然过着富裕的生活，来富一去，我们的富裕的生活也随之而去。怪不得我们中国人，随时随地要讨吉利。

我在十九岁的时候，我们的家，搬到了火车站边的升顺里。有一个傍晚，偶然在弄堂里散步，那时忽有一个小狗，不知道是看错了人还是什么，竟在我的身后跟了过来。我走，它也走，我停，它在我身前身后摇尾打转。我是一个喜欢狗的人，不禁吹吹嘴唇引逗着它，它也格外向我表示亲热。等我回家，它竟一直跟到了我的家门口。那只狗的毛片，很不讨人欢喜，淡黄的颜色之中带点灰色，粗看像在泥堆里面打过一个滚，其实是天生的这样的毛片。它的面貌尤其难看：嘴巴尖得讨厌，完全像是一只草狗。可是说它是草狗，它的腿却很短，耳朵也垂着，又像是哈巴狗的种。总之，这是一只太难看的变种狗。我因为它的长相不讨人欢喜，觉得把它带回了家，家里人一定不欢迎，第一个我母亲先要说话。而且，我看这只小狗，一条极尖的尾巴，被剪成了竹节的样子，可见一定有人家养着的。我自己养的狗，怕被人家偷走，人家养的狗，我也不愿意无端把它拐带回来。所以我在进门的时候，用脚尖轻轻抵着它，嘴里也做着驱逐的声音，不让它跟进门口。哪知我虽尽力把它驱走，它却尽力把它的身子，从我的脚边硬挤过来，好容易把它驱出去，关上了门，它却只在门外狺狺地低吠，表示非进来不可，我听着觉得不忍，终于又开门把它放了进来。

果然，我把这只难看的小狗收留下来之后，家里的人都纷纷向我说话，他们讥笑我说：唯有你这难看的人，才会要这难看的狗。我母亲说我弄不出好事情来，不知从哪一处垃圾堆里，捡到这样的一只小狗。可是他们你也说它难看，我也嫌它讨厌，但这只小狗，却有一处特异的地方，以前我曾养过好几只狗，我也抚弄过许多别人养的狗，我可从来没有一次看到过一只狗的毛片有这样的柔软。这小狗的身上，简直像是穿着绒大衣，又像裹着一重天鹅绒，摸到手上，有一种说不出的温暖的感觉。除此以外，这小狗还特别善解人意，它知道我们家的人，全都不欢迎它，每逢走过别人的身前时，它老是抬起可怜的眼色，向人家的脸上看着。它的态度又斯文，又小心，直等走到了我的身前，方始像一个顽皮孩子躲过了老师的眼，样子顿时变得活泼，脚步也开始放纵起来。有时它在我的身前乱纵乱跳，我常常故意用呵斥顽皮小孩的声气，呵斥它说：你这样讨厌，他们马上要把你赶走，让你没有饭吃了，还不赶快到椅子底下去躲着！说的时候，我用脚尖指指椅下，它就依着我的指示，乖乖地躲到椅子底下悄然躲起来，在椅下躲得太久的时候，它会伸出头来，呜呜地叫一声，意思好像说：我可以出来了吗？只要我重重地向它哼一声，它就来不及地再把它的尖嘴缩回到椅子下。记得那时是冷天，我常常脱掉了鞋，把脚轻轻踏在它的身上，只觉得它的又肥又软的身子，暖烘烘的，像是一个热水袋。——这一只狗，我们从它的颜色上给了它一个姓，就叫它是阿黄。

那时候，这一只可怜的小狗我总算在竭力推荐之下，在我家豢养了两三个月。可是终于因我家的屋子太小，母亲又不欢喜养狗，有一次，家里人趁我不在，他们用了一个蒲包，把它装了起来，从火车上把它带到了吴淞，而将它放走。却哄骗我说，是它自己走失的。那时我虽已非常喜欢这只狗，但因它是自己走失的，也就感到无可奈何。不料这一只可怜的生物，只被放走了一夜，到第二天就找回了家。它回来的时候，我当然十分喜悦，而它的那种疯狂的高兴，也使我无法形容，它大声地叫，像告诉我，它几乎不能和我再见。它又呜呜小吠，仿佛向我诉说：它是受到了说不出的欺侮。可怜！这小生物也有着像人类一样的悲欢的情感，只是无法说出它的情感罢了。后来我方知道它是被放到了吴淞，从那条迢迢的长途上孤零零地摸索回来的。一只小狗，能从三十六里路之外找回它的家，这不能不说是一个奇迹。从此我便格外爱怜着它。

又有一次，那时我家已迁移到了吴淞，和外祖父同居。这一次我的家人把这小狗，从舢板上带过了三里路阔的吴淞江，就把它抛弃在江东的岸滩上，他们依旧抄袭旧文，说是阿黄又走失了。可是我因上一次的事，再也不受他们的欺骗。于是我为了这只小狗，和家里人吵了一次空前未有的大架。我乱叫乱跳，乱摔着东西，我要他们赔偿我这只心爱的小狗，我想这小东西被抛弃在外，从此无家可归，也许就会饿死，甚至被人杀掉吃掉。人，多数是残忍的，什么事情做不出来？想到这里，我格外难受，也就格外吵得厉害。至此，我家里的人方始后悔，不该放走这狗引起这一场不可收拾的是非。正在闹得一天星斗的时候，不料，那只狗在上午放走的，到下午，竟又水淋淋地乱蹦了回来，那时的情形，我想任何人看到了也要受到感动：它不顾三七二十一，就把湿做一团的身子，一跳就跳到我的身上，又吐出舌头，乱舐着我的脸。总之，我简直无法说明它的高兴。这样三番两次的跳跃，它身上的水渍，一半已分润到我的身上，人与狗都湿成一片。家里人是看着又好气，又好笑，可是他们也不再阻止这可怜的生物，在我身上跳上跳下。

后来我方打听出，这只狗是怎样渡过了这三里阔的吴淞江面而找回家来的。原来，它在江东岸上，泅过了一段浅滩，跳上了一只小舢板，在舢板的一角里，水淋淋觳觫做一堆，不时还可怜地看着那些舢板上的人，像恳求他们不要把它驱走。那个摇舢板的人，根本不知道这只狗是哪里来的，也许，他误认为这是舢板中的乘客带来的，因此没有把它赶走。等到舢板船要靠岸，它又一跃下去，再从水里泅到岸上，一跃上岸而逃回了家里。原来我外祖父家吃的是水面上的饭，和舢板上的人都认识，这情形是他们亲口告诉我的。我在听到这个情形的时候，忍不住又把这可怜的小狗抱在怀里，吻着它的难看的尖嘴。我记起在我们同类之中，好像还没有遇见过这样热情的一个，我的心里有点难受，我的热泪几乎滴到这小东西的温软的毛片上！

一九四七年三月

动物们

迟子建

有一种门，是门中门，只有一尺见方，通常设置在院门的底端，挨着地，由两个自由翻转的合叶一左一右牵着它，既能往里开，又能向外开。这门当然不是走人的，更不是什么装饰物，它是专为家中的动物和家禽而设计的。白天时主人锁上家门，上班的上班，下田的下田，猫啊狗啊鸡啊鹅啊的就各忙各的去了，觅食的觅食，闲逛的闲逛，会友的会友。主人们若是回来晚了，当它们该回家的时候，就会从这扇小门钻进院子，喝喝水啦，趴在院子里打个盹啦，等等。而当它们又想出门的时候，只要用头一顶这扇门，眼睛里看到的就是户外的风景了。

动物和动物的力气是不一样的，比如狗的力气就比猫大。而家禽呢，鸡的力气就比不上鹅。所以那扇小门的厚度就有个讲究，要轻点，薄点，使它们进出时自如一些。但是它们又不能过于轻薄，否则赶上风大的夜晚，它就会被吹得一脚门里一脚门外地摇荡，发出啪啪的响声，而搅扰了屋里人的美梦。

最自如出入这扇门的无疑就是狗了。看家的狗一般忠于职守，但它们老是待在院子里也是闷的，所以寂寞时会溜出家门，看看院外的风景，或者与其他相熟相知的狗亲昵一会儿。猫呢，它们身怀翻墙跨院的绝技，高高的院墙对它们来说根本就不是屏障，它们往往不走这扇小门，尤其是有狗望着它们的时候，它们会精神抖擞、三下两下爬过院墙，轻盈地跳到院外，让狗只能低头哀叹自己的愚笨。所以猫与狗的关系总是比较疏离。

我养过两条狗，一条是黄狗，一条是黑狗。黄狗叫傻子，黑狗叫黑子。傻子其实一点都不傻，它威风凛凛的，很剽悍，是北极村数得上的一条好狗。它太厉害，一直被一条长长的铁链拴着，只能待在后菜园里。它的嗅觉很灵敏，若是有生人来，隔着一条街，它就会发出吠叫；而若是有主人要回来了，也是隔着很远，它就能感知，提前摇起尾巴，做出欢迎的姿态，而姥爷或是舅舅一会儿的工夫就会推开家门。我常拿了馒头在它面前吃，趁大人不注意，会掰一半喂它。傻子很聪明地飞快地一口把它吞下，然后歪着脑袋十分动情地望着我，发出温柔的叫声，用一只前爪轻轻挠着地，企望我再偷着喂给它一些。我受不了它那种如水的目光和低低的狺叫，总是想方设法满足它。所以，我往往是吃了一个馒头还不够，再去拿第二个。傻子有个爱好，它喜欢吃蜜蜂，它跳得很高地捉空中飞旋的蜜蜂，几乎是百发百中，让我为之欢呼。不过它一吃了蜜蜂我就为它担心，万一蜜蜂没死，蜇破了它的肚子，它还怎么吃食儿啊？我一见它躁动不安地拖着锁链哗啦啦地走来走去，就想，糟了，一定是蜜蜂在傻子的肚子里嗡嗡地飞，闹得它心烦意乱了。我至今不明白它为什么喜欢吃蜜蜂，也许蜜蜂身上有蜂蜜，吃了能甜它的心？傻子的任务就是看家护院，不过到了冬天，家人若是去很远的山中拉烧柴或者是去江上捕鱼，就会把傻子带上。山中有野兽，狗能判断出它们的方位，发出警告的吠叫，提醒主人。而去江上捕鱼时，傻子要被套上爬犁，去时爬犁上装着捕鱼的工具，回来时则多了一样东西，那就是鱼了。傻子一跟着去捕鱼就兴高采烈的。如果运气好，上网的鱼多，姥爷会把狗鱼等不太上讲究的鱼撇给它一两条，它在冰面上就把它生吃了。回家的时候，傻子拖着沉重的爬犁，走了一身的汗，毛发上的汗气凝结成霜，使它看上去成了一条白狗了。我离开北极村的时候，最不舍得的就是傻子。我握着它的爪，哭了。回到父母身边后，只要姥姥家来信了，我就会问信上说没说傻子怎么样了？可信上都是人的消息，没有关于傻子的只言片语。隔了很多年我再回北极村时，傻子还认得我，不过它已经老态龙钟了，毛发稀疏而没有光泽。姥姥说傻子有一回偷吃了鸡窝的蛋，被姥爷打得半死，此后精神就一天不如一天。傻子最后死了，姥姥念着它对主人多年的感情，把它埋了。

黑子是我回到父母身边后家人养的狗。它的毛很短，尖头尖脑的，瘸着一条腿，十分丑陋。我不明白家里为什么要养这样一条狗。我不喜欢它，左邻右舍家来了人，它多管闲事地叫得很凶，而当我们家来了生人呢，它却欢天喜地给迎进来了，简直就是个叛徒。我爸爸的风湿病一旦发作，走路就一瘸一拐的，跟着爸爸走的黑子呢，也是一瘸一拐的。同学们见了我会不怀好意地说，你家的狗跟你爸走路怎么一模一样啊？我觉得很没面子，真想找条绳子把它悄悄勒死。我最厌烦在放学的路上它来迎我，别的同学也有被家中的狗迎接着的，但人家的狗个个都精神，黑子呢，它严格来说是个残疾，所以它一旦跑过来亲昵地蹭我的裤脚，我就没有好声气地斥责它，把它赶走。它夹着尾巴灰溜溜地一瘸一拐地离去，总能招来同学们的嘲笑声。黑子虽然面容丑，它的心却是不丑的。鸡回家时若是顶那扇小门吃力了，它就帮助撞开，用一条腿支着门，让鸡进院子，很有绅士风度的样子，所以鸡们都不反感它。大多数人家的鸡喜欢与狗争食儿，我们家的鸡却不会去吃黑子的食儿。后来镇子里发生狗瘟，黑子染了病，被勒死了，当时让我觉得无比畅快，觉得一块碍眼的东西终于从眼前被清除了，只是以后在镇子里再也看不到有一条狗是一瘸一拐地走路，总觉得少了点什么。而且黑子死了，家中的鸡也显得有些落寞，傻呆呆的，不爱出门，大约是怕回来时万一顶不开门，再也没有狗帮助它们了。不过鸡的落寞也落寞不了多久，它们在冬天时会被宰了，用雪埋了，留做过年时吃。在人丛中，家禽的命运跟狗的命运一样，是轻薄的。

比较而言，猫的命运相对要好一些。它们可以依偎在主人的饭桌旁，分享主人吃的东西。而且，它们除了捉老鼠之外，没有其他的活计，所以猫常常是蜷伏在热炕上呼呼大睡。不过，若是仓房中的老鼠闹得凶，主人在米缸里发现了漆黑的老鼠屎，它们就会遭到叱骂，主人会饿着它，不让它进屋门，让它在仓库中专心捉鼠。偏偏很多猫是懒惰和贪图富贵的，一怒之下离家而去，再不肯为主人效劳。所以你家丢失了的猫，几年后在另外一个村镇的人家的炕头上可能会看到。而一个人家养的狗，你就是每天打它五十大板，它也还会兢兢业业地为主人家守夜，这大约就是猫与狗的不同之处吧。常吃人的食物的猫，也许不知不觉中，把人与人的背信弃义的气息也沾染了过去。而狗呢，就像旧时代的小媳妇，即使遭受了天大的委屈，也会忍辱负重地陪伴主人过下去。

第四辑

猫

猫

老　舍

猫的性格实在有些古怪。说它老实吧，它的确有时候很乖。它会找个暖和地方，成天睡大觉，无忧无虑。什么事也不过问。可是，赶到它决定要出去玩玩，就会走出一天一夜，任凭谁怎么呼唤，它也不肯回来。说它贪玩吧，的确是呀，要不怎么会一天一夜不回家呢？可是，及至它听到点老鼠的响动啊，它又多么尽职，闭息凝视，一连就是几个钟头，非把老鼠等出来不拉倒！

它要是高兴，能比谁都温柔可亲：用身子蹭你的腿，把脖儿伸出来要求给抓痒，或是在你写稿子的时候，跳上桌来，在纸上踩印几朵小梅花。它还会丰富多腔地叫唤，长短不同，粗细各异，变化多端，力避单调。在不叫的时候，它还会咕噜咕噜地给自己解闷。这可都凭它的高兴。它若是不高兴啊，无论谁说多少好话，它一声也不出，连半个小梅花也不肯印在稿纸上！它倔强得很！

是，猫的确是倔强。看吧，大马戏团里什么狮子、老虎、大象、狗熊，甚至于笨驴，都能表演一些玩艺儿，可是谁见过耍猫呢？（昨天才听说：苏联的某马戏团里确有耍猫的，我当然还没亲眼见过。）

这种小动物确是古怪。不管你多么善待它，它也不肯跟着你上街去逛逛。它什么都怕，总想藏起来。可是它又那么勇猛，不要说见着小虫和老鼠，就是遇上蛇也敢斗一斗。它的嘴往往被蜂儿或蝎子蜇的肿起来。

赶到猫儿们一讲起恋爱来，那就闹得一条街的人们都不能安睡。它们的叫声是那么尖锐刺耳，使人觉得世界上若是没有猫啊，一定会更平静一些。

可是，及至女猫生下两三个棉花团似的小猫啊，你又不恨它了。它是那么尽责地看护儿女，连上房兜兜风也不肯去了。

郎猫可不那么负责，它丝毫不关心儿女。它或睡大觉，或上屋去乱叫，有机会就和邻居们打一架，身上的毛儿滚成了毡，满脸横七竖八都是伤痕，看起来实在不大体面。好在它没有照镜子的习惯，依然昂首阔步，大喊大叫，它匆忙地吃两口东西，就又去挑战开打。有时候，它两天两夜不回家，可是当你以为它可能已经远走高飞了，它却瘸着腿大败而归，直入厨房要东西吃。

过了满月的小猫们真是可爱，腿脚还不甚稳，可是已经学会淘气。妈妈的尾巴，一根鸡毛，都是它们的好玩具，耍上没结没完。一玩起来，它们不知要摔多少跟头，但是跌倒即马上起来，再跑再跌。它们的头撞在门上，桌腿上，和彼此的头上。撞疼了也不哭。

它们的胆子越来越大，逐渐开辟新的游戏场所。它们到院子里来了。院中的花草可遭了殃。它们在花盆里摔跤，抱着花枝打秋千，所过之处，枝折花落。你不肯责打它们，它们是那么生气勃勃，天真可爱呀。可是，你也爱花。这个矛盾就不易处理。

现在，还有新的问题呢：老鼠已差不多都被消灭了，猫还有什么用处呢？而且，猫既吃不着老鼠，就会想办法去偷捉鸡雏或小鸭什么的开开斋。这难道不是问题么？

在我的朋友里颇有些位爱猫的。不知他们注意到这些问题没有？记得二十年前在重庆住着的时候，那里的猫很珍贵，须花钱去买。在当时，那里的老鼠是那么猖狂，小猫反倒须放在笼子里养着，以免被老鼠吃掉。据说，目前在重庆已很不容易见到老鼠。那么，那里的猫呢？是不是已经不放在笼子里，还是根本不养猫了呢？这须打听一下，以备参考。

也记得三十年前，在一艘法国轮船上，我吃过一次猫肉。事前，我并不知道那是什么肉，因为不识法文，看不懂菜单。猫肉并不难吃，虽不甚香美，可也没什么怪味道。是不是该把猫都送往法国轮船上去呢？我很难作出决定。

猫的地位的确降低了，而且发生了些小问题。可是，我并不为猫的命运多耽什么心思。想想看吧，要不是灭鼠运动得到了很大的成功，消除了巨害，猫的威风怎会减少了呢？两相比较，灭鼠比爱猫更重要的多，不是吗？我想，世界上总会有那么一天，一切都机械化了，不是连驴马也会有点问题吗？可是，谁能因担忧驴马没有事做而放弃了机械化呢？

一九五九年八月

猫打架

周作人

现在时值阴历三月，是春气发动的时候，夜间常常听见猫的嗥叫声甚凄厉，和平时迥不相同，这正是“猫打架”的时节，所以不足为怪的。但是实在吵闹得很，而且往往是在深夜，忽然庭树间嗥的一声，虽然不是什么好梦，总之给它惊醒了，不是愉快的事情。这便令我想起五四前后初到北京的事情来，时光过的真快，这已是四十多年前的事了。我写过《补树书屋旧事》，第七篇叫作《猫》，这里让我把它抄一节吧：

> 说也奇怪，补树书屋里的确也不大热，这大概与那大槐树有关系，它好像是一顶绿的大日照伞，把可畏的夏日都给挡住了。这房屋相当阴暗，但是不大有蚊子，因为不记得用过什么蚊子香；也不曾买有蝇拍子，可是没有苍蝇进来，虽然门外面的青虫很有点讨厌。那么旧的屋里该有老鼠，却也并不是，倒是不知道哪里的猫常在屋上骚扰，往往叫人整半夜睡不着觉，在一九一八年旧日记里边

便有三四处记着“夜为猫所扰，不能安睡”。不知道在鲁迅日记上有无记载，事实上在那时候大抵是大怒而起，拿着一枝竹竿，搬了小茶几，到后檐下放好，他便上去用竹竿痛打，把它们打散，但也不长治久安，往往过一会又回来了。《朝花夕拾》中有一篇讲到猫的文章，其中有些是与这有关的。

说到《朝花夕拾》，虽然这是有许多人看过的书，现在我也找有关摘抄一点在这里：

> 要说得可靠一点，或者倒不如说不过因为它们配合时候的嗥叫，手续竟有这么繁重，闹得别人心烦，尤其是夜间要看书睡觉的时候。当这些时候，我便要用长竹竿去攻击它们。狗们在大道上配合时，常有闲汉拿了木棍痛打，我曾见大勃吕该尔的一张铜板画上也画着这样事，可见这样的举动，是古今中外一致的。打狗的事我不管，至于我的打猫，却只因为它们嚷嚷，此外并无恶意。

可是奇怪得很，日本诗人们却对它很是宽大，特别是以松尾芭蕉为祖师一派俳人（做俳句的人），不但不嫌恶它还收它到诗里去，我们仿大观园的傻大姐称之曰猫打架的，他们却加以正面的美称曰猫的恋爱，在《俳谐岁时记》中春季项下堂堂地登载着。俳句中必须有季题，这岁时记便是那些季题的集录，在《岁时记》春季的动物项下便有猫的恋爱这一种，解说道：

猫的交尾虽是一年有四回，但以春天为显著。时届早春，凡入交尾期的猫也不怕人，不避风雨，昼夜找寻雌猫，到处奔走，连饭也不好好的吃。常有数匹发疯似的争斗，用了极其迫切的叫声诉其热情。数日之后，憔悴受伤，遍身乌黑的回来，情形很是可怜。

这里诗人对于它们似乎颇有同情，芭蕉有诗云：

吃了麦饭，为了恋爱而憔悴了么，女猫。

比他稍后的召波则云：

爬过了树，走近前来调情的男猫啊。

但是高井几厘的句云：

滚了下去的声响，就停止了的猫的恋爱。

又似乎说滚得好，有点拿长竹竿的意思了。小林一茶说：

睡了起来，打一个大呵欠的猫的恋爱。

这与近代女流俳人杉田久女所说的：

恋爱的猫，一步也不走进夜里的屋门。

大概只是形容它们的忙碌罢了。

《俳谐岁时记》是从前传下来的东西，虽然新的季题不断地增入，可是旧的却还是留着，这里"猫的恋爱"与鸟雀交尾总还是事实，有些空虚的传说却也罗列着，例如"田鼠化为鴽"以及"獭祭鱼"之类。大概这很受中国的《月令》里七十二候的影响，不过大雪节的三候中有"虎始交"，《岁时记》里却并不收，我想或者是因为难得看见老虎的缘故吧。虎猫本是同类，恐怕也是那么的嚷嚷的，但是不听见有人说起过，现代讲动物园的书有些描写它们的生活，也不曾见有记录。《七十二候图赞》里画了两只老虎相对，一只张着大嘴，似乎是吼叫的样子，这或者是仿那猫的作风而画的吧。赞曰：

虎至季冬，感气生育，虎客不复，后妃乱政。

意思不很明白，第三句里似乎可能有刻错的字，但是也不知道正文是什么字了。

一个诗人

徐志摩

我的猫，她是美丽与壮健的化身，今夜坐对着新生的发珠光的炉火，似乎在讶异这温暖的来处的神奇。我想她是倦了的，但她还不舍得就此窝下去闭上眼睡，真可爱是这一旺的红艳。她蹲在她的后腿上，两只前腿静穆地站着，像是古希腊庙楹前的石柱，微昂着头，露出一片纯白的胸膛，像是西比利亚的雪野。她有时也低头去舐她的毛片，她那小红舌灵动得如同一剪火焰。但过了好多时她还是壮直地坐望着火。我不知道她在想些什么，但我想她，这时候至少，决不在想她早上的一碟奶，或是暗房里的耗子，也决不会想到屋顶上去作浪漫的巡游，因为春时已经不在。我敢说，我不迟疑地替她说，她是在全神地看，在欣赏，在惊奇这室内新来的奇妙——火的光在她的眼里闪动，热在她的身上流布，如同一个诗人在静观一个秋林的晚照。我的猫，这一晌至少，是一个诗人，一个纯粹的诗人。

猫

夏丏尊

白马湖新居落成，把家眷迁回故乡的后数日，妹就携了四岁的外甥女，由二十里外的夫家雇船来访。自从母亲死后，兄弟们各依了职业迁居外方，故居初则赁与别家，继则因兄弟间种种关系，不得不把先人有过辛苦历史的高大屋宇，售让给附近的暴发户，于是兄弟们回故乡的机会就少，而妹也已有六七年无归宁的处所了。这次相见，彼此既快乐又酸辛，小孩之中，竟有未曾见过姑母的。外甥女也当然不认得舅妗和表姊，虽经大人指导勉强称呼，总都是呆呆地相觑着。

新居在一个学校附近，背山临水，地位清静，只不过平屋四间。论其构造，连老屋的厨房还比不上，妹却极口表示满意：

“虽比不上老屋，终究是自己的房子，我家在本地已有许多年没有房子了！自从老屋卖去以后，我多少被人瞧不起！每次乘船行过老屋的面前真是……”

妻见妹说时眼圈有点红了，就忙用话岔开：

“妹妹你看，我老了许多了罢？你却总是这样后生。”

“三姊倒不老！——人总是要老的，大家小孩都已这样大了，他们大起来，就是我们在老起来。我们已六七年不见了呢。”

“快弄饭去罢！”我听了他们的对话，恐再牵入悲境，故意打断话头，使妻走开。

妹自幼从我学会了酒，能略饮几杯。兄妹且饮且谈，嫂也在旁羼着。话题由此及彼，一直谈到饭后，还连续不断。每到妹和妻要谈到家事或婆媳小姑关系上去，我总立即设法打断，因为我是深知道妹在夫家的境遇的，很不愿在难得晤面的当初，就引起悲怀。

忽然，天花板上起了嘈杂的鼠声。

“新造的房子，老鼠就这样多了吗？”妹惊讶了问。

“大概是近山的缘故罢。据说房子未造好就有了老鼠的。晚上更厉害，今夜你听，好像在打仗哩，你们那里怎样？”妻说。

“还好，我家有猫。——快要产小猫了，将来可捉一只来。”

“猫也大有好坏，坏的猫老鼠不捕，反要偷食，到处撒屎，还是不养好。”我正在寻觅轻松的话题，就顺了势讲到猫上去。

“猫也和人一样，有种子好不好的，我那里的猫，是好种，不偷食，每朝把屎撒在盛灰的畚斗里。——你记得从前老四房里有一只好猫罢。我们那只猫，就是从老四房讨去的小猫。近来听说老四房里已断了种了——每年生一胎，附近养蚕的人家都来千求万恳地讨，据说讨去都不淘气的。现在又快要生小猫了。”

老四房里的那只猫向来有名。最初的老猫，是曾祖在时，就有了的。不知是哪里得来的种子，白地，小黄黑花斑，毛色很嫩，望去像上等的狐皮“金银嵌”。善捉鼠，性质却柔驯得了不得，当我小的时候，常去抱来玩弄，听它念肚里佛，挖看它的眼睛，不啻是一个小伴侣。后来我由外面回家，每走到老四房去，有时还看见这小伴侣——的子孙。曾也想讨一只小猫到家里去养，终难得逢到恰好有小猫的机会，自迁居他乡，十年来久不忆及了。不料现在种子未绝，妹家现在所养的，不知已是最初老猫的几世孙了。家道中落以来，田产室庐大半荡尽，而曾祖时代的猫，尚间接地在妹家留着种子，这真是一种不可思议的缘，值得叫人无限感兴的了。

“哦！就是那只猫的种子！好的，将来就给我们一只。那只猫的种子是近地有名的。花纹还没有变吗？”

“你欢喜哪一种？——大约一胎多则三只，少则两只，其中大概有一只是金银嵌的，有一二只是白中带黑斑的，每年都是如此。”

“那自然要金银嵌的啰。”我脑中不禁浮出孩时小伴侣的印象来。更联想到那如云的往事，为之茫然。

妻和妹之间，猫的谈话，仍被继续着，儿女中大些的张了眼听，最小的阿满，摇着妻的膝问：“小猫几时会来？”我也靠在藤椅子上吸着烟默然听她们。

“小猫的时候，要教它会才好。如果撒屎在地板上了，就捉到撒屎的地方，当着它的屎打，到碗中偷食吃的时候，就把碗摆在它的前面打，这样打了几次，它就不敢乱撒屎多偷食了。”

妹的猫教育论，引得大家都笑了。

次晨，妹说即须回去，约定过几天再来久留几日，临走的时候还说：

“昨晚上老鼠真吵得厉害，下次来时，替你们把猫捉来罢。”

妹去后，全家多了一个猫的话题。最性急的自然是小孩，他们常问“姑妈几时来？”其实都是为猫而问，我虽每回答他们：“自然会来的，性急什么？”而心里也对于那与我家一系有二十多年历史的猫，怀着迫切的期待，巴不得妹——猫快来。

妹的第二次来，在一个月以后，带来的只是赠送小孩的果物和若干种的花草苗种，并没有猫。说前几天才出生，要一月后方可离母，此次生了三只，一只是金银嵌的，其余两只，是黑白花和狸斑花的，讨的人家很多，已替我们把金银嵌的留定了。

猫的被送来，已是妹第二次回去后半月光景的事，那时已过端午，我从学校回去，一进门妻就和我说：

“妹妹今天差人把猫送来了，她有一封信在这里。说从回去以后就有些不适。大约是寒热，不要紧的。”

我从妻手里接了信草草一看，同时就向室中四望：

“猫呢？”

“她们在弄它。阿吉阿满，你们把猫抱来给爸爸看！”

立刻，柔弱的“尼亚尼亚”声从房中听得阿满抱出猫来：

“会念佛的，一到就蹲在床下，妈说它是新娘子呢。”

我在女儿手中把小猫熟视着说：

“还小呢，别去捉它，放在地上，过几天会熟的。当心碰见狗！”

阿满将猫放下。猫把背一耸就踉跄地向房里遁去。接着就从房内发出柔弱的“尼亚尼亚”的叫声。

“去看看它躲在什么地方。”阿吉和阿满蹑了脚进房去。

“不要去捉它啊！”妻从后叮嘱她们。

猫确是金银嵌，虽然产毛未退，黄白还未十分夺目，尽足依约地唤起从前老四房里小伴侣的印象。“尼亚尼亚”的叫声，和“咪咪”的呼唤声，在一家中起了新气氛，在我心中却成了一个联想过去的媒介，想到儿时的趣味，想到家况未中落时的光景。

与猫同来的，总以为不成问题的妹的病消息，一二日后竟由沉重而至于危笃，终于因恶性疟疾引起了流产，遗下未足月的女孩而弃去这世界了。

一家人参与丧事完毕从丧家回来，一进门就听到“尼亚尼亚”的猫声。

“这猫真不利，它是首先来报妹妹的死信的！”妻见了猫叹息着说。

猫正在檐前伸了小足爬搔着柱子，突然见我们来，就踉跄逃去，阿满赶到厨下把它捉来了，捧在手里：

“你还要逃，都是你不好！妈！快打！”

“畜生晓得什么？唉，真不利！”妻呆呆地望着猫这样说，忘记了自己的矛盾，倒弄得阿满把猫捧在手里瞪目茫然了。

“把它关在伙食间里，别放它出来！”我一边说一边懒懒地走入卧室睡去。我实在已怕看这猫了。

立时从伙食间里发出“尼亚尼亚”的悲鸣声和嘈杂的搔爬声来。努力想睡，总是睡不着。原想起来把猫重新放出，终于无心动弹，连向那就在房外的妻女叫一声“把猫放出”的心绪也没有，只让自己听着那连续的猫声，一味沉浸在悲哀里。

从此以后，这小小的猫在全家成了一个联想死者的媒介，特别地在我，这猫所暗示的新的悲哀的创伤，是用了家道中落等类的怅惘包裹着的。

伤逝的悲怀，随着暑气一天一天地淡去，猫也一天一天地长大，从前被全家所诅咒的这不幸的猫，这时渐被全家宠爱珍惜起来了，当作了死者的纪念物。每餐给它吃鱼，归阿满饲它，晚上抱进房里，防恐被人偷了或是被野狗咬伤。

白玉也似的毛地上，黄黑斑错落得非常明显，当那蹲在草地上或跳掷在凤仙花丛里的时候，望去真是美丽。每当附近四邻或路过的人，见了称赞说“好猫！”的时候，妻脸上就现出一种莫可言说的矜夸，好像是养着一个好儿子或是好女儿。特别地是阿满：

“这是我家的猫，是姑母送来的，姑母死了，只剩了这只猫了！”她当有人来称赞猫的时候，不管那人陌生与不陌生，总会睁圆了眼起劲地对他说明这些。

猫做了一家的宠儿了，每餐食桌旁总有它的位置，偶然偷了食或是乱撒了屎，虽然依妹的教育法是要就地罚打的，妻也总看妹面上宽恕过去。阿吉阿满一从学校里回来就用了带子逗它玩，或是捉迷藏似的在庭间追赶它。我也常于初秋的夕阳中坐在檐下对了这跳掷着的小动物作种种的遐想。

那是快近中秋的一个晚上的事：湖上邻居的几位朋友，晚饭后散步到了我家里，大家在月下闲话，阿满和猫在草地上追逐着玩。客去后，我和妻搬进几椅正要关门就寝，妻照例记起猫来：

“咪咪！”

“咪咪！”阿吉阿满也跟着唤。

可是却听不到猫的“尼亚尼亚”的回答。

“没有呢！哪里去了？阿满，不是你捉出来的吗？去寻来！”妻着急起来了。

“刚刚在天井里的。”阿满瞠了眼含糊地回答，一边哭了起来。

“还哭！都是你不好！夜了还捉出来做什么呢？——咪咪咪咪！”妻一边责骂阿满一边嗄了声再唤。

“咪咪咪咪！”我也不禁附和着唤。

可是仍听不到猫的“尼亚尼亚”的回答。

叫小孩睡好了，重新找寻，室内室外，东邻西舍，到处分头都寻遍，哪有猫的影儿？连方才谈天的几位朋友都过来帮着在月光下寻觅，也终于不见形影。一直闹到十二点多钟月亮已照屋角为止。

“夜深了，把窗门暂时开着，等它自己回来罢——偷是没有人偷的，或者被狗咬死了，但又没听见它叫。也许不至于此，今夜且让它去罢。”我宽慰着妻，关了大门，先入卧室去。在枕上还听到妻的“咪咪”的呼声。

猫终于不回来。从次日起，一家好像失了什么似的，都觉到说不出的寂寥。小孩从放学回来也不如平日的高兴，特别的在我，于妻女所感得的以外，顿然失却了沉思过去种种悲欢往事的媒介物，觉得寂寥更甚。

第三日傍晚，我因寂寥不过了，独自在屋后山边散步，忽然在山脚田坑中发现猫的尸体。全身黏着水泥，软软地倒在坑里，毛贴着肉，身躯细了好些，项有血迹，似确是被狗或野兽咬毙了的。

“猫在这里!”我不觉自叫了说。

“在哪里?”妻和女孩先后跑来，见了猫都呆呆地几乎一时说不出话。

“可怜！定是野狗咬死的。阿满，都是你不好！前晚你不捉它出来，哪里会死呢？下世去要成冤家啊！——唉！妹妹死了，连妹妹给我们的猫也死了。”妻说时声音呜咽了。

阿满哭了，阿吉也呆着不动。

“进去罢，死了也就算了，人都要死哩，别说猫！快叫人来把它葬了。”我催她们离开。

妻和女孩进去了。我向猫作了最后的一瞥，在黄昏中独自徘徊。日来已失了联想媒介的无数往事，都回光返照似的一时强烈地齐现到心上来了。

猫乘

许地山

猫不入六畜之数，大概因为古人要所豢养的禽兽的肉可以供祭祀及燕享的用处，并且可以成群繁殖起来的才算家畜。在古人眼里，猫是一种神秘而有威力的动物。它的眼睛能因时变化，走路疾速而无声，升屋上树非常自在等等，都可以教人去想它是非凡的。事实上，猫在农业文化的社会的地位正如狗在游牧文化的社会里一样。古人先会养狗是当然的。汉以前人家居然知道养猫，可是没听过到市里去买猫。当时养的大都是半野的狸，猎人获到，取数十钱的代价，卖给人家。《韩非子》里，有“将狸攻鼠”“令狸执鼠”的话。《说苑》“使骐骥捕鼠，不如百钱之狸”和《盐铁论》里“鼠穷啮狸”，都可以说明当时只有半野的狸，没有纯豢的猫。后世人虽有“家猫为猫，野猫为狸”的说法，其实上面所说的狸都是已经被养熟了的。字书说狸是里居的兽，所以狸字从里；名为猫是因“鼠善害苗，而猫能捕之，去苗之害，故字从苗”。这两说固然可以讲得过去，但对于猫字似乎还是象声为多，所以《本草纲目》说：“猫有苗茅二音，其名自呼。”我们不要想猫字比狸字晚，《诗经·大雅·韩奕》有“有猫有虎”的一句，《郊特牲》也有“迎猫为其食鼠”的话。看来称猫，是有些尊重的意思，不然，不能用一个很恭敬的迎字。也许当时在一定的节期从田野间迎接到家里来供养的称为猫，平常养的才称为狸，后来猫的名称用开了，狸的名字也就渐渐给忘了。现在对于黑斑猫还叫作“铁狸”，也可以说猫狸两字在某一阶段也是同意义的。

农业文化的社会尊重猫，因为它能毁灭那残害禾稼的田鼠和仓廪里家室里的家鼠。以猫为神，最早的是埃及。古埃及人知道猫在第十一朝时代（2200 B.C.），据说是从纽比亚（Nubia）传进去的。自那时代以后，埃及才有猫首人身的神像。猫神名伊路鲁士（AElurus）。人当猫为神圣，甚至做成猫的木乃伊，杀猫者受死刑。他以为猫是月女神，因为它的眼睛可以像月一样有圆缺。中国古时迎猫的礼仪不可详知，从八蜡的祭礼看来，它与先啬、司啬等神同列，可见得它是相当地被尊重。祭猫的礼大概在周秦以后已经不行，所以人们不像往昔那么尊重它。黄汉《猫苑》（卷上）说：“丁雨生云，安南有猫将军庙，其神猫首人身，甚著灵异。中国人往者，必祈祷，决休咎。”这位猫神到底管什么事，不得而知，若依作者的附说，此猫字即毛字之讹，因为明朝毛尚书曾平安南，猫将军即毛尚书。这样看来，他与猫神就没什么关系了。铸画猫形来镇压老鼠的事却有些那个。《夷门广牍记》：“刻木为猫，用黄鼠狼尿，调五色画之，鼠见则避。”《猫苑》的作者引邓椿画猫云：“僧道宏每往人家画猫则无鼠。”作者又说：“山阴童树善画墨猫，凡画于端午午时者，皆可辟鼠，然不轻画也。余友张韵泉（凯）家，藏有一幅。尝谓悬此，鼠耗果靖。”（卷上形相章）又记：“吴小亭家藏王忘庵所画乌猫图，自题十六字云：‘日危，宿危，炽尔杀机。乌圆炯炯，鼠辈何知?’余按家香铁待诏，重午画钟馗，诗云‘画猫日主金危危’，则知危日值危宿，画猫有灵。必兼金日者，金为白虎之神，忘庵句盖本乎此。”又记：“朱赤霞上舍（城）云，凡端午日取枫瘿刻为猫枕，可避鼠，兼可辟邪恶。”由辟鼠的功效进而可以辟盗贼。《猫苑》（卷上）有一个例。作者说：“刘月农巡尹（荫棠）云：番禺县属之沙湾茭塘界上有老鼠山。其地向为盗薮。前督李制府瑚患之，于山顶铸大铁猫以镇之。猫则张口撑爪，形制高巨。予曾缉捕至此，亲登以观。而游人往往以食物巾扇等投入猫口，谓果其腹，不知何故。”

养蚕人家也怕老鼠食蚕，故杭州人每于五月初一日看竞渡后，必向娘娘庙买泥猫回家，不专为给孩子玩，并且可以禳鼠。

以上所举的事例都含有巫术意味，并非当猫做神。清代天津船厂有铁猫将军，受敕封，每年例由天津道躬诣祭祀一次。金陵城北铁猫场有铁猫长四尺许，横卧水泊中，相传抚弄它，可以得子。每年中秋夜，士女都到那里去。这与猫没关系，乃是船碇，船碇又叫铁猫，是何取义，不敢强解，现在猫写作锚，也许离开本义更远了。

神怪的猫

猫与其他动物一样。活得日子长久了就会变精。袁枚《子不语》（卷二十四）记靖江张氏因为通水沟，黑气随竹竿上，化作绿眼人乘暗淫他的婢女。张求术士来作法，那黑气上坛舔道士，所舔处，皮肉如刀割。道士奔去，想渡江求救于张天师，刚到江心，看见天上黑气四起，就庆贺主人说：那妖已经被雷劈死了！张回家，看见屋角震死一只猫，有驴那么大。

猫变人的传说在欧洲也一样很多。在术语上，猫变人叫猫人；人变猫就叫人猫，欧洲的人猫，似乎是比猫人多些。韩美（F.Hamel）在《人兽》（*Human Animals*）第十二章里说了下面的一个故事：一七一九年二月八日，陀素（Thurso）的牧师威廉因士（William Junes）在开陀尼士（Caithness）审问一个女人马嘉列·连基伯（Margaret Nin Gilbert）。那妇人承认，有一晚上，她在道上走，遇见一个魔鬼现出人形，要她与他同行同住。从那时起，她与那魔鬼就很相熟，有时它在她面前现出一匹大黑马的形状，有时骑在马上，有时像一朵黑云，有时像一只黑母鸡。这妇人显然是从一个巫师学来的巫术，所以会这样。有一个瓦匠名叫威廉·孟哥麻里（William Montgomery），他的房子被许多猫侵入，以致他的妻与女仆不能再住在那里。有一晚上，威廉回家，看见五只猫在火炉边，仆人对他说：它们在那里谈话咧。在十一月二十八日，一只怪猫爬进一个贮箱的圆洞里。威廉就守在那里，若是看见有脑袋伸出来，便用刀斫下去。他果然把刀斫到那怪物的脖子上，可没逮着。一会儿，他打开那箱，他的仆人用斧子砍那怪猫的背后，连斧子砍在箱板上。至终那怪猫带着斧子逃脱掉。但是他连续地追，又斫了好些下，至终把它砍死。威廉亲把那死猫扔出去，可是第二天早晨，起来一看，那猫已不见了。隔了四五晚，仆人又嚷说那猫再来了。威廉用方格绒围住它，把斧子斫在它身上。到它被斧子钉在地上，又用斧背打击它的头，一直打到死，又把它扔掉。第二天早晨起来看，又不见了。很奇怪的是当斫那怪猫的时候，一滴血也没有。他一共斫了几只，都没有一只是邻人的。于是他断定那一定是巫师做的事。二月十二，住在威廉家半英里的妇人马嘉列·连基伯被告发了。她的邻人看见她掉了一条腿在她自己的门口。她那一只腿是黑的而且腐烂了。那人疑心她是女巫，就捡起来送到州官那里，州官立刻把那妇人逮捕下狱。那妇人承认她变猫走进威廉家里，被威廉砍断了一条腿，还有另外一个妇人名马嘉列·奥尔逊（Margaret Olsone）也是变了猫一同进去的。别的女巫，人看不见，因为魔鬼用黑雾遮掩着她们。

韩美又说，在法国基奥达（Ciotat）附近的西里斯特村（Ceyreste）住着一个女人，她的孩子们常常有病，这个好了，那个又病起来。她不晓得要怎办。有一天，她的邻人对她说，她的婆婆也许是个巫婆，孩子们的病当与那老太太有关系。于是她对丈夫说了。两个人仔细观察孩子们的病，看看有没有巫术的影响。有一晚上，他们看见一只黑猫走近那个小婴孩的摇篮边，轻寂地走动，丈夫立刻拿起一根棍子想去打死它。他没打着那猫的身体，只中了它的爪子。那猫拼命逃走了。孩子们的祖母是每天要来看他们，问孩儿们的康健的。自从打了黑猫以后，老太太好几天不上门来。

邻人对那丈夫说，她一定是有什么事，不肯给人知道的，可以去看看她。丈夫于是去看他的妈。一进门就看见她的一只手包起来，对着他发脾气。他假装做看不见她的伤处，只用平常很安静的话问她为什么好几天没到家去看孙子们。

那老太太回答说："我为什么要到你家去呢？看看我的手指头。假如我的手指头是给斧子砍着，不是给棍子打着，我的指头就被切断，所剩的只是残废的肢体罢了。"

中国的猫人故事比较多，因为我们没有像基督教国家的魔鬼信仰，只信物老成精的说法，所以猫也和狐狸、熊、老虎等，一样会变人。人每以猫善媚人，以致如江浙人中有信它是妓女所变成，这又是轮回信仰，与猫人无涉。但是，不必变人而能加害于人的猫，在中国也有。例如《猫苑》卷上《毛色》所记："孙赤文云，道光丙午（一八四六）夏、秋间，浙中杭、绍、宁、台一带传有鬼祟，称为三脚猫者，每傍晚，有腥风一阵，辄觉有物入人家室以魅人，举国皇然。于是各家悬锣钲于室，每伺风至，奋力鸣击。鬼物畏锣声，辄遁去，如是者数月始绝。是亦物妖也。"

又据清道光时代人慵讷居士著的《咫闻录》（卷一）记：

> 甘肃凉州界，民间崇祀猫鬼神，即《北史》所载高氏祀猫鬼之类也。其怪用猫缢死，斋醮七七，即能通灵。后易木牌，立于门后，猫主敬祀之。旁以布袋，约五寸长，备待猫用，每窃人物。至四更许，鸡未鸣时，袋忽不见，少顷，悬于屋角。用梯取下，释袋口，倾注柜中，或米或豆，可获二石。盖妖邪所致，少可容多，祀者往往富可立致。有郡守某生辰，同僚馈干面十余石，贮于大桶。数日后，守遣人分贮，见桶上面悬结如竹纸隔，下视则空空然！惊

曰诸守，命役访治。时府廨后有祀此猫者，役搜得其像。当堂重责木牌四十，并笞其民，笑而遣之。后闻牌责之后，神不验矣。

又猫可以给人寄寓灵魂在它身体里头。富莱沙在《金枝集》里说了一段非洲的故事。

南非洲巴兰牙（Ba Ranga）人中，从前有一族的人们寄他们的灵魂在一只猫身上。这猫族有一个少女低低散（Titishan）当嫁时强要那只猫随行。她到夫家，就把那猫藏在密室，连丈夫也没见过它，也不知道她带了一只猫来。有一天，她到地里工作，猫逃出来，走入茅寮，把丈夫的战斗装饰品着起来，歌唱舞蹈。孩子们听见，进去看见一只猫在那里装着怪样子。他们很骇异猫在戏弄他们，就去告诉丈夫说，有一只猫在他屋里舞蹈，还侮辱了他们。主人说，别说，我不要你们撒谎。他们于是回家，看见那猫还在那里，就把他打死。那时，他妻子立刻倒在地上，临死时，说："我在家被人杀死了！"她丈夫回来，她还可以说话，就教他快去告诉她家人。她的家族众人一听见这事，个个都立刻死了。从此这猫族绝了种。

这寄生命在别的物体上的故事，在民间传说里很多，大概与图腾有多少关系罢。

人事的猫

所谓人事的猫，是人们对于猫的行为与态度。古代罗马人以猫为自由的象征。罗马自由女神的形象是一手持杯，一手持折断的王节，脚下睡着一只猫。除去古埃及以外，以猫为神圣的恐怕要数到古罗马了。欧洲许多地方以猫为土谷神，富莱沙的名著《金枝集》里举出许多有趣的风俗，试在这里引录出来：

（一）在法国窦菲涅（Dauphine）的白里安逊（Briancen）地方，当麦熟时，农人用花带和麦穗饰猫，教它做球皮猫（Le Chat de Peau de Salle），假如刈麦者受伤，就用那球皮猫来舔伤口。收获完了，更把它装饰起来，大家围着它舞蹈。舞完，诸女子才慎重地把它的装饰卸除掉。

（二）在波兰西勒西亚（Silesia）的格鲁尼堡（Grüneberg）地方，农人不用真猫，叫那收割田的最后一穗的农夫做多马猫（Tom Cat）。别人把墨麦秆与绿枝条围绕着他；又打一条很长的辫子系在他身上，当作他的尾巴。有时把另一个人打扮得和他一样，叫作猫，是当作女性的。多马猫与猫的工作是用一根长棍子追人来打。

（三）南洋诸岛人，有些也信猫与田禾有关，求雨时常用得着它。在南西里伯岛（Celebes），农人求雨，把猫缚在肩舆上，扛着绕行干燥的田边，同时用竹管引水。猫叫时，他们就说，主呀求你把雨降给我们。爪哇农人求雨最常用的方法是洗猫。洗猫有时是一只，有时是一对，用鼓乐在前引导。巴达维亚城，孩子们常为求雨洗猫，方法是把猫扔在水里，由它自己爬到边岸。苏门答剌有些村子在求雨时，村妇着衣服涉入水中，戽水相溅，然后扔一只黑猫进水，容它在水里泅些时候，才由它泅上岸去。妇女们戽着水随在它后头。

自从猫与魔鬼合在一起，做土谷神的猫在好些地方是要被杀的。法国有些地方，杀猫或捉猫便是到田里收获的别名。有些地方，打谷打到最后一把，农人就将一只猫放在一起，用连来打死它。到最近的星期日，把它烧熟了当圣物吃。法国亚美安（Amiens）农人若说他们去杀猫便是收获完工的意思。收获的工作完毕，他们就在田里杀死一只猫。波希米亚人把猫杀死埋在田中，为的是教禾稼不受损害。这都是土谷神的悲惨命运。

欧洲许多地方虽然还以杀猫为不吉利，但在节期当它做魔鬼或巫师的变形来处治的事也不少。

法国古时在仲夏月、复活节、忏悔日，和纪念耶稣在旷野四旬的春斋期，每在巴黎格里弗拂（Place de Gréve）举喜火。通常是把活猫放在一个篮子里，或琵琶桶里，或口袋里，悬在火中一根竿子上头。有时他们也烧狐狸。烧完，人民收拾火灰与烬余物回家，相信可以得到好运气。法国王常亲来举火。最末一次是一六四八年，路易十四举的。他戴着玫瑰花冠，手里也捧着一束玫瑰，举火以后，还围着火堆与大众舞蹈，舞完到市公所举行大宴会。

法国亚尔丹尼士省（Ardennes）人当春斋的第一个星期日烧猫。在火熄后，牧人把牛羊赶来，教它们越过灰烬，以为可以免除灾害。举火者必是年中最后结婚的新人，有时用男，有时用女，新人举火后，大众围着火堆舞蹈，求来丰年。

在婚礼上，有些地方也杀猫。德国爱菲尔（Eifel）地方，结婚人家在婚后几个星期举行猫击礼（Katzenschlag），法国克鲁士（Greuse）人于结婚日带一只猫到礼拜堂去，用它来打贺喜的亲友。一直把它打到死，才把它煮熟了给新郎新娘吃。波兰风俗，假如新郎是个鳏夫，在家里须要打破玻璃门，把猫扔进去。新娘才随着扔猫的地方进入洞房。

猫肉本来不是常时的食品，但有许多地方的人很喜欢吃它。富莱沙告诉我们，在纽几内亚北边的俾斯麦群岛，土人爱吃猫，常常到邻村去偷别人的猫来吃。但那里的人信猫身体的一部分如未被吃，就可以作法教那吃的人生病。他们的方法是把猫尾巴剁掉收藏起来。若是猫不见了，一定是贼人偷去吃。猫主可以把所失的猫被剁下来的尾巴取出，同符咒一齐埋在隐秘地方。那贼就会生病。在那里的猫都是没尾巴的，因为必要如此，才没人敢偷。

中国人除去药用以外，吃猫也是由于特别的嗜好，如广州人春天所嗜的龙虎羹，便是蛇与猫的时食。从一般的习惯说，猫不是正常的食品。有些地方还以为猫是杀不得的，因为一只猫管七条命，如人杀死一只猫，他得偿还七世的生命。

因为猫的形态颜色有种种不同，所以讲究养猫的都加意选择。选择的指导书是世传的《相猫经》。现在把主要的相法列举几条在底下：

（一）头面要圆。面长会食鸡，所以说，“面长鸡种绝”。

（二）耳要小而薄。这样就不怕冷，所以说，“耳薄毛毡不畏寒”。头与耳都不怕长。所谓猫贵五长，是说头、尾、身、足、耳都要长，不然，便是五秃。但《发微历正通书大全》又说：“猫儿身短最为良。眼用金钱尾用长，面似虎威声振喊，老鼠闻之立便亡。”又说，“腰长会走家”。看来身长是不好的相。二说，不知谁是。

（三）眼要具金钱的颜色。最忌带泪和眼中有黑痕，所以说，“金眼夜明灯”。眼有黑痕的是懒相。

（四）鼻要平直。鼻钩及高耸是野性未除的相。这样的猫爱吃鸡鸭，所以说，“面长鼻梁钩，鸡鸭一网收”。

（五）须要硬而色纯。经说：“须劲虎威多。”又说：“猫儿黑白须，疴屎满神炉。”无须的会食鸡鸭。

（六）腰要短。腰长就会过家。

（七）后脚要高。后脚低就无威。

（八）爪要深藏而有油泽。露爪就会翻瓦。

（九）尾要长细而尖，尾节要短，且要常摆动。尾大主猫懒，常摆便有威，所以说，“尾长节短多伶俐”，“坐立尾常摆，虽睡鼠亦亡”。

（十）声要响亮。声音响亮是威猛的象征。

（十一）口要有坎。经说：“上颚生九坎，周年断鼠声。七坎捉三季。坎少养不成。”

（十二）顶要有拦截纹。拦截纹是顶下横纹。《相畜余编》记，猫有拦截纹，主威猛。有寿纹，则如八字，或如八卦，或如重弓、重山，都好。没这些纹，就懒阘无寿。

（十三）身上要无旋毛。胸口如有旋毛，主猫不寿。左旋犯狗；右旋水伤。通身有旋，凶折多殃。所以说，“耳小头圆尾又尖，胸膛无旋值千钱”。

（十四）肛要无毛。经说：“毛生屎屈，疴屎满屋。”

（十五）睡要蟠而圆，要藏头掉尾。

至于毛色，以纯黄为上，所谓“金丝猫”的就是。其次纯白的，名“雪猫”，但广东人不喜欢，叫它做“孝猫”，主不祥。再次是纯黑的，叫“铁猫”。纯色的猫通名为“四时好”。褐黄黑相兼，名为“金丝褐”。黄白黑相兼，名“玳瑁斑”。黑背白肢，白腹，名为“乌云盖雪”。四爪白，名“踏雪寻梅”。白身黑尾，最吉，名为“雪里拖枪”。通身黑而尾尖一点白，名为“垂珠”。白身黑尾，额上一团黑色的，名为“挂印拖枪”，又名“印星”，主贵，而白身黑尾，背上一团黑色的，名为“负印拖枪”。黑身白尾，名为“银枪拖铁瓶”，又名“昆仑妲己”。白身而嘴边有衔花纹，名为“衔蚁奴”。通身白而有黄点，名为“绣虎”。身黑而有白点，名为“梅花豹”，又名“金钱梅花”。黄身白腹，名为“金聚银床”。白身黄尾，名为“金簪插银瓶”，又名“金索挂银瓶”。白身或黑身，而背上有一点黄的，名为“将军挂印”。身尾及四足俱有花斑，名为“缠得过”。这些都是人格的猫，至于黄斑、黑斑，都是狸的常形，不算希奇。此外如“狸奴”“虎舅”“天子妃”“白老”“女奴”等，是猫的别名。爱猫的也常给猫许多好名字。最雅的如唐贯休有猫名“焚虎”，宋林灵素字“金吼鲸”，明嘉靖大内的“霜眉”，清吴世璠的“锦衣娘”“银睡姑”“啸碧烟”，都好。其他名字可参看《猫苑》(卷下）名物，此地不能尽录出来。

自然的猫

人与猫相处，觉得猫有许多生理上及心理上的特性。如独生猫，每为人所喜爱。中国各处有相同的口诀，说：“一龙，二虎，三太保，四老鼠。”意思是独生的猫如龙，孪生的猫似虎。一胎三只以上就不大好了。闽南人的口诀是：“一龙，二虎，三偷食，四背祖。”所以生三只，四只，不是懒怯，就是不认主人。但这都是人们对于猫的见解，究竟如何，也不能断定。在《贤奕》里引出一段龙猫、虎猫的笑话。

> 齐奄家畜一猫，自奇之，号于人曰虎猫。客说之曰，虎诚猛，不如龙之神也。请更名曰，龙猫。又客说之曰，龙固神于虎也。龙升天，须浮云。云其尚于龙乎？不如名曰云。又客说之曰，云霭蔽天，风倏散之。云固不敌风也。请名曰风。又客说之曰，大风飚起，维屏与墙，斯足蔽矣。风其如墙何？名之曰墙猫。又客说之曰，维墙虽固，维鼠穴之，墙斯圮矣，墙之如鼠何？即名曰鼠猫。东里丈人嗤之曰，猫即猫耳，胡为自失其本真哉？

这可以见得名龙，名虎，乃属主观的，不必限于独生或孪生的关系。又人对猫的观察常有错误。如说，猫捕食老鼠以后，它的耳朵必定有缺。像老虎的耳朵在吃人以后的锯缺一样。大概缺的原因是由于偶然的损伤，绝非因吃了一个人或一只鼠就缺一次。

有一件事最显然的是猫常有吃掉自己的小猫的情形。这情形，在狗和别的动物中间也常见，不过人没注意到罢了。中国人的解释是猫当乳哺时期，属虎的人不能去看它，若是看见了，母猫必要徙窠，甚至把小猫都吃掉。空同子说：“猫见寅人，则衔其儿走徙其窠。”《黄氏日抄》

说："猫初生，见寅肖人，而自食其子。"但有些地方以为给属鼠的人见到，母猫就会把小猫吃掉。又李元《蠕范》说："猫食鼠，上旬食头，中旬食腹，下旬食足。"这也未见得是正确的观察，其实要看鼠的大小，及猫的性格而定。有些猫只会捕鼠，把鼠咬死就算，一口也不吃，有些只会捕鸟，看见老鼠都懒得去追。

欧洲人以为一只猫有九条命，因为它很难致死。这话在文学上用得很多。德国的谚语甚至有"一只猫有九条命；一个女人有九只猫的命"。表示女人的命比猫还要多几倍。从动物学的观点说，猫的命是有许多生理上的特长来保护着它。最惹人注意的是，凡猫从高处摔下，无论如何，四条腿总是先落在地上，不会摔伤。这现象固然是由于猫的祖先升树的习性所形成，但主要的还是它能利用身体的均衡运动。脊椎动物的耳里有半圆管司身体的均衡作用。这半圆管的功用在耳司听觉以前便有了。听觉是动物进化后才显出的作用，在此以前，身体的均衡比较重要。猫还保持着它灵敏的均衡作用，所以无论人怎样扔它，它很容易地翻过身来，使四只脚先到地。而且它的脚像安着弹簧一样，受全身的重力，一点也没伤害。如果一只猫不会这样，那就是因为它太被豢养惯了。

猫的触须很长，这也是哺乳动物所常有的，即如鲸的上唇也有。不过在猫族中，触须特别发达，因为它们要走在黑暗地方，这须于感觉的帮助很大。猫还有特灵的嗅觉和听觉。家猫与野猫都可以辨别极细微的声音。从这些声音，它们可以认识是从什么地方，什么东西发出来的。但是它们所认的不是音的高低，乃是声的大小。它们能听人的说话，并不像狗那样真能懂得，只是由声的大小供给它们的联想而已。

猫可以在夜间看见东西。这是因为猫类多半是夜猎的兽，非到昏暗不出来，它们能利用微暗的光来看东西。它们的瞳子，因为须要光度的大小，而形成伸缩作用。所谓猫眼知时，乃是受光的强弱所生现象。关于依猫眼测时间的歌诀很多，最常见的是："子午线，卯酉圆，寅申巳亥银杏样，辰戌丑未侧如钱。"这在平常的时候，固然可以，如果在天阴、暗室里，就不一定准了。在越黑暗的地方，猫的瞳子放得越大。眼的网膜有一层光滑如镜的薄面，这也是帮助它能在暗处见物的一件法宝。因为它有这样的网膜，所以人每见它在暗处两眼发光。但在无光的地方如物理实验的暗房里，猫眼也不能被看见，因为所有的眼都不能自发光辉。所有的猫都是色盲的。它们住在一个灰色的世界里。它们虽然能够分辨红白，但也不是从色素，只是由光的刺激的大小分别出来。我们可以说猫不只是音聋和色盲，并且于听视二觉都有缺陷。它本是夜猎的兽类，所以对于声音与颜色只须能够辨别大小远近就够了。

俗语说："猫认屋，狗认人。"猫有本领认识它所住的地方，虽然把它送到很远，若不隔着水和高墙，它总会寻道回来。这个本领在林栖的动物中常有，尤其是在乳哺期间，母兽必有寻道还窠的能力，不然，小兽就会有危险。

中国书上常说，猫的鼻端常冷，唯夏至一日暖。这是因为它的鼻常湿，为要增加嗅觉作用，与阴阳气无关。

猫的感情作用，最显然的是见到狗或恐怖时，全身的毛竖立起来。不过这不必每只猫都是一样，有的与狗做朋友，见了一点也不害怕。毛竖的现象，在人类与其他哺乳动物都有，在肾脏的前头有一个小小的器官，名叫“肾上腺”，它是对付一切非常境遇的器官。从这腺分泌肾上腺硷（Adrenalin）游离于血液中间，分布在全身。这种分泌物，现在叫作“兴奋体”(Hormones)。它们是“化学的传信者”，常为保持身体的利益而分泌到身上各部分。肾上腺硷，一分泌出来，就可以增加血液的压力，紧张肌肉，增加心动等，还可以激动毛发下的小肌肉使毛发竖立起来。身体有强烈的情绪就是神经受了大刺激，如系属于恐怖的，肾上腺硷立时要分泌出来，使血液里的糖分增加散布到各部分，它的主要功用，是可以振奋精神，如受伤出血时，可以使血在伤口凝结得快些。所以猫和人一样，在预备争斗或恐怖的时候，血里都满布着肾上腺硷。这兴奋体是近代的发现，医药家每取肾上腺硷来做止血药及提神药，大概所有的药房都可以买得到。

猫一竖毛，同时便发出吼声，身体四肢作备斗的姿势，它的生理上的变化也和人类一样。第一步是愤怒，由愤怒刺激肾上腺，肾上腺急剧地制造肾上腺硷，分泌出来随着血液传达到全身。身体于是完成争斗的预备而示现争斗的姿势。若是争斗起来，此肾上腺硷一方面激起兴奋作用；受伤时，就显止血作用，若是斗不起来，情绪便渐渐松弛，身体姿势也就渐次复元了。

猫是最美丽最优雅的小动物，从来养它的人们不一定是为捕鼠，多是当它作家里的小伴侣。普通的家猫可以分二类，一是长毛种，二是短毛种，前者比较贵重，后者比较常见。长毛猫不是中国种，最有名的是“金奇罗”(Chinchilla)，它的眼睛，绿得很可爱。其次是“师莫克”

(Smoke)，它有琥珀样的眼睛。这两种长毛猫在欧洲的名品很多，毛色多带灰蓝，但其他色泽也有。还有一种名“达比士”(Tabbies)，也很可贵。所有长毛猫都是一个原种变化出来的。中国的长毛猫古时多从波斯输入，所以也称为波斯猫或狮猫。短毛猫各国都有。讲究养猫的，都知道此中的优种是亚比亚尼亚种、俄罗斯种、暹罗种。亚比亚尼亚猫很像埃及种，大概是古埃及的遗种。这种猫身尾脚耳都很长，颜色多为黑、褐，很少白的。俄罗斯猫眼带绿色，毛细而密，为北方优种。暹罗猫多乳白色，头脚尾褐色，宝蓝眼，从前只饲于宫中，近来才流出各处。此外，如英国的人岛猫，属于短毛类，它的奇特处是没有尾巴，像兔子一样。中国的特种猫，据《猫苑》说，有闽粤交界的南澳岛所产的歧尾猫，这种猫的尾巴是卷曲的，名叫麒麟尾，或如意尾，很会捕鼠。又四川简州有一种四耳猫，耳中另有小耳，擅于捕鼠，州官每用来充作方物贡送寅僚，《四川通志》和袁枚《续子不语》(卷四）都记载这话，但不知道所谓四耳，究竟是怎样的。

以上关于猫的话，不过是略述猫的神话、人事与自然三方面。因为它对于人的关系那么久远，养它的人不一定是为治鼠，才把它留在家里。它也是家庭的好伴侣，若将它与狗来比，它是静的和女性的，狗正与它相反。作者一向爱猫，故此不惮烦地写了这一大篇给同爱的读者。

猫

靳　以

猫好像在活过来的时日中占了很大的一部，虽然现在一只也不再在我的身边厮扰。

当着我才进了中学，就得着了那第一只。那是从一个友人的家中抱来，很费了一番手才送到家中。她是一只黄色的，像虎一样的斑纹，只是生性却十分驯良。那时候她才下生两个月，也像其他小猫一样欢喜跳闹，却总是被别的欺负的时候居多。友人送我的时候就这样说：

“你不是欢喜猫么，就抱去这只吧。你看她是多么可怜的样子，怕长不大就会死了。”

我都不能想那时候我是多么高兴，当我坐在车上，装在布袋中的她就放在我的腿上。呵，她是一个活着的小动物，时时会在我的腿上蠕动的。我轻轻地拍着她，她不叫也不闹，只静静地卧在那里，像一个十分懂事的东西。我还记得那是夏天，她的皮毛使我在冒着汗，我也忍耐着。到了家，我放她出来。新的天地吓得她更不敢动，她躲在墙角或是椅后那边哀哀地呜叫。她不吃食物也不饮水，为了那份样子，几乎我又送她回去。可是过了两天或是三天，一切就都很好了。家中人都喜欢她，除开一个残忍成性的婆子。我的姊姊更爱她，每餐都是由她来照顾。

到了长成的时节，她就成为更沉默、更温和的了。她从来也不曾抓伤过人，也不到厨房里偷一片鱼。她欢喜蹲在窗台上，眯着眼睛，像哲学家一样的沉思着。那时候阳光正照了她，她还要安详地用前爪在脸上抹一次又一次的。家中人会说：

“链哥儿抱来的猫，也是那样老实呵！”

到后她的子孙们却是有各样的性格。一大半送了亲友，留在家中的也看得出贤与不肖。有的竟和母亲争斗，正像一个浪子或是泼女。

她自己活得很长远，几次以为是不能再活下去了，她还能勉强地活过来，终于一双耳朵不知道为什么枯萎下去。她的脚步更迟钝了，有时鸣叫的声音都微弱得不可闻了。

她活了十几年，当着祖母故去的时候，已经入殓，还停在家中；她就躺在棺木的下面死去。想着是在夜间死去的，因为早晨发觉的时候她已经僵硬了。

住到 × 城的时节，我和友人 B 君共住了一个院子。那个城是古老而沉静的，到处都是树，清寂幽闭。因为是两个单身男子，我们的住处也正像那个城。秋天是如此，春天也是如此。墙壁粉了灰色，每到了下午便显得十分黯淡。可是不知道从哪里却跳来了一只猫，她是在我们一天晚间回来的时候发现的。我们开了灯，她正端坐在沙发的上面，看到光亮和人，一下就不知道溜到哪里去了。

我们同时都为她那美丽的毛色打动了，她的身上有着各样的颜色，她的身上包满了茸茸的长绒。我们找寻着，在书架的下面找到了。她用惊疑的眼睛望着我们，我们即刻吩咐仆人，为她弄好了肝和饭，我们故意不去看她，她就悄悄地就食去了。

从此在我们的家中，她也算是一个。

养了两个多月，在一天的清早，不知逃到哪里去了。她仍是从风门的窗格里钻出去（因为她，我们一直没有完整的纸糊在上面），到午饭时不见回来。我们想着下半天，想着晚饭的时候，可是她一直就不曾回来。

那时候，虽然少了一只小小的猫，住的地方就显得阔大寂寥起来了。当着她在我们这里的时候，那些冷清的角落，都为她跑着跳着填满了；为我们遗忘了的纸物，都由她有趣地抓了出来。一时她会跑上座灯的架上，一时她又跳上了书橱。可是她把花盆架上的一盆迎春拉到地上，碎了花盆的事也有过，记得自己真就以为她是一个有性灵的生物，申斥她，轻轻地打着她；她也就畏缩地躲在一旁，像是充分地明白了自己的过错似的。

平时最使她感觉到兴趣的事，怕就是钻进抽屉中的小睡。只要是拉开了，她就安详地走进去，于是就故意又为她关上了。过些时再拉开来，她也许还未曾醒呢！有的时候是醒了，静静地卧着，看到了外面的天地，就站起来，拱着背缓缓地伸着懒腰。她会跳上了桌子，如果是晚间，她就分去了桌灯给我的光，往返地踱着，她的影子晃来晃去的，却充满了我那狭小的天地，使我也有着热闹的感觉。突然她会为一件小小的物件吸引住了，以前爪轻轻地拨着，惊奇地注视着被转动的物件，就退回了身子，伏在那里，还是一小步一小步地退缩着——终于是猛地向前一蹿，那物件落在地上，她也随着跳下去。

我们有时候也用绒绳来逗引，看着她轻巧而窈窕地跳着。时常想到的就是“摘花赌身轻”的句子。

她的逃失呢，好像是早就想到了的。不是因为从窗里望着外面，看到其他的猫从墙头跳上跳下，她就起始也跑到外面去么？原是不知何所来，就该是不知何所去。只是顿然少去了那么一只跑着跳着的生物，所住的地方就感到更大的空洞了。想着这样的情绪也许并不是持久的，过些天或者就可以忘怀了。只是当着春天的风吹着门窗的纸，就自然地把眼睛望着她日常出入的那个窗格，还以为她又从外面钻了回来。

“走了也好，终不过是不足恃的小人呵！”

这样地想了，我们的心就像是十分安然而愉快了。

过了四个月，B君走了，那个家就留给我一个人。如果一直是冷清下来，对于那样的日子我也许能习惯了；却是日愈空寂的房子，无法使我安心地守下去。但是我也只有忍耐之一途。既不能在众人的处所中感到兴趣，除开面壁枯坐还有其他的方法么？

一天，偶然地在市集中售卖猫狗的那一部，遇到一个老妇人和一个四五岁的女孩。她问我要不要买一只猫。我就停下来，预备看一下再说。她放下在手中的竹篮，解开盖在上面的一张布，就看到一只生了黄黑斑的白猫，正自躺在那里。在她的身下看到了两只才生下不久的小猫。一只是黑的，毛的尖梢却是雪白；那一只是白的，头部生了灰灰的斑。她和我说因为要离开这里，就不得不卖了。她和我要了极合理的价钱，我答应了，付过钱，就径自去买一个竹筐来。当着我把猫放到我的筐子里，那个孩子就大声哭起来。她舍不得她的宝贝。她丢下老妇人塞到她手中的钱。那个老妇人虽是爱着孩子，却好像钱对她真有一点用，就一面哄着一面催促着我快些离开。

叫了一辆车，放上竹筐，我就回去了。留在后面的是那个孩子的哭声。

诚然如那个老妇人所说，她们是到了天堂。最初几天那两只小猫还没有张开眼，从早到晚只是咪咪地叫着。我用烂饭和牛乳喂它们，到张开了眼的时候，我才又看到那个长了灰色斑的两个眼睛是不同的；一个是黄色，一个是蓝色。

大小三只猫，也尽够我自己忙的了（不止我自己，还有那个仆人）。大的一只时常要跑出去，小的就不断地叫着。她们时常在我的脚边缠绕，一不小心就被踏上一脚或是踢翻个身。她们横着身子跑，因为把米粒粘到脚上，跑着的时候就答答地响着，像生了铁蹄。她们欢喜坐在门限上望着外面，见到后院的那条狗走过，她们就咈咈地叫着，毛都竖起来，急速地跳进房里。

为了她们，每次晚间回来都不敢提起脚步来走，只是溜着，开了灯，就看到她们偎依着在椅上酣睡。

渐渐地她们能爬到我的身上来了，还爬到我的肩头，她们就像到了险境，呜叫着，一直要我用手把她们再捧下来。

这两只猫崽，引起了许多友人的怜爱，一个过路友人离开了这个城还在信中殷殷地问到。她说过要有那么一天，把这两只猫拿走的。但是为了病着的母亲的寂寥，我就把她们带到了 ××。

我先把她们的母亲送给了别人，我忘记了她们离开母亲会成为多么可怜的小动物。她们叫着，不给一刻的宁静，就是食物也不大能引着她们安下去。她们东找找西找找，然后就失望地朝了我。好像告诉我她们是丢失了母亲，也要我告诉她们：母亲到了哪里？两天都是这样，我都想再把那只大猫要回来了。后来友人告诉我说是那个母亲也叫了几天，终于上了房，不知到哪里去了。

因为要搭乘火车的，我就在行前的一日把她们装到竹篮里。她们就叫，吵得我一夜也不能睡，我想着这将是一桩麻烦的事，依照路章是不能携带猫或狗的。

早晨，我放出她们喂，吃得饱饱的（那时候他们已经消灭了失去母亲的悲哀），又装进竹篮里。她们就不再叫了。一直由我把她们安然地带回我的母亲的身边。

母亲的病在那时已经是很重了，可是她还是勉强地和我说笑。她爱那两只猫。她们也是立刻跳到她的身前。我十分怕看和母亲相见相别时的泪眼，这一次有这两个小东西岔开了母亲的伤心。

不久，她们就成为一种累赘了。当着母亲安睡的时候，她们也许咪咪地叫起来。当着母亲为病痛所苦的时候，她们也许要爬到她的身上。在这情形之下，我只能把她们交付了仆人，由仆人带到他自己的房中去豢养。

母亲的病使我忘记了一切的事，母亲故去了许久我才问着仆人那两只猫是否还活下来。

仆人告诉我她们还活着的，因为一时的疏忽，她们的后腿冻跛了。可渐渐地好起来，也长大了，只是不大像从前那样洁净。

我只是应着，并没有要他把她们拿给我，因为被母亲生前所钟爱，她们已经成为我自己悲哀的种子了。

二十五年三月三日

爱猫

周瘦鹃

猫是一种最驯良的家畜，也是家庭中一种绝妙的点缀品，旧时闺中人引为良伴，不单是用以捕鼠而已。我家原有一头玳瑁猫，已畜有三年之久，善捕鼠，并不偷食，便溺也有定处，所以一家上下都爱它。不料后来却变了，整天懒得动弹，常在灶上打盹，见了东西就偷去吃；便溺也不再认定一处，并且常把脚爪乱抓地毯和椅垫，使我非常痛恨，但也无可奈何。不料一天早上，却发现它死在园子里了，也不知道它是怎么死的。幸而它已生下了两头小猫，总算没有绝嗣，差无后顾之虑。我们送掉了一头，留下了一头，毛片火黄夹着深黑色，腹部和四脚都作白色，比它母亲生得更美丽，也可算得是移人尤物了。

吾国文人墨客，大都爱猫，因此诗词中常有咏叹之作。清代词人钱葆馚调寄《雪狮儿》咏猫，遍征词友和韵，名家如朱竹垞、吴谷人、厉樊榭等都有和作；朱氏三阕，雅韵欲流，可称狸奴知己。其一云：

吴盐几两，聘取狸奴，浴蚕时候。锦带无痕，搦絮堆绵生就。

诗人黄九，也不惜买鱼穿柳。偏爱住戎葵石畔，牡丹花后。　　午梦初回晴昼，敛双睛乍竖，困眠还又。惊起藤墩，子母相持良久。鹦哥来否？若几度春闺停绣。重帘逗，便请炉边叉手。

其二云：

胜酥入雪，谁向人前，不仁呼汝？永日重阶，恒把子来潜数。痴儿女，且莫漫彩丝牵住。一任却食鱼捕雀，顾蜂窥鼠。　　百尺红墙能度，问檀郎谢媛，春眠何处？金缕鞋边，惯是双瞳偏注。玉人回步，须听取殷勤分付。空房暮，但唤衔蝉休误。

又陈其年《垂丝钓》一云：

房栊潇洒，狸奴嬉戏檐下。睡熟蝶裙儿，皱绡衩。梅已谢，撒粉英一把。将伊惹。正风光艳冶。　　寻春逐队，小楼窜响鸯瓦。花娇柳姹，向画廊眠藉。低撼轻红架，鹦鹉怕，唤玉郎悄打。

董舜民《玉团儿》云：

深闺驯绕闲时节，卧花茵，香团白雪。爪住湘裙，回身欲捕，绣成双蝶。　　春来更惹人怜惜，怪无端鱼羹虚设。暗响金铃，乱翻鸳瓦，把人抛撇。

刘醇甫《临江仙》云：

> 绣倦春闺谁伴取？红氍日暖成堆。炉边叉手任相猜。金猊从唤住，玉虎罢牵回。　　刚是牡丹开到午，亭阴尽好徘徊。几番移梦下妆台。买鱼穿柳去。戏蝶踏花来。

清词丽句，足为狸奴生色。

不但我国文人爱猫，就是西方文坛名流，也有好多人都有猫癖的；如法国文豪雨果（V. Hugo），要是不见他的爱猫在房间里时，心中就会郁郁不乐，若有所失。小说家柯贝（F. Coppee），更如痴如醉地爱着猫，连年搜罗名种，不遗余力，有几头波斯种的，名贵非常。小说家戈缔叶（Gautier），也豢养着好多头猫，无一不爱，都给它们题了东方式的名儿，如茶比德、左培玛等；有一头雌猫，用埃及女王克丽巴德兰的名儿称呼它；另有一头最美的，生着红鼻蓝眼，平日最为钟爱，不论到哪里去，总带着同行，他称之为西菲尔太太，原来西菲尔是他自己的名儿，简直当它像爱妻般看待了。英国文坛上，也有位爱猫的名流，如小说家兼诗人司各特（W.Scott），本来是爱狗成癖而并不爱猫的，到了晚年，却来了个转变，对于猫引起极大的好感。他曾在文章中写着："我在年龄上最大的进步，就是发现我爱着一头猫；这畜生本来是我所憎恶的。"诗人考伯（Cowper）每在家里时，他所爱的一头小猫总是厮守在他的身旁，他曾写信给朋友说："这是蒙着猫皮的一头最灵敏的畜生。"其他如约翰生（O.Johnson）、白朗（O.M.Brown）、华尔泊（H.Walpole）诸名作家，也都是有名的爱猫者，平日间是与猫为友，非猫不欢的。

首都名画家曹克家同志，是一位画猫的专家，在他彩笔上产生出来的大猫小猫，不论形态神情，都好像是活的一样。一九六一年间，他在苏州待了好几个月，给刺绣工场画了不少的猫，也收了几个高徒。我们只要看了双面绣绣出来的那些活灵活现的猫，就可知道这是曹克家画笔上的产物，而过渡到“针神”们的金针上去的。

猫

汪曾祺

我不喜欢猫。

我的祖父有一只大黑猫。这只猫很老了，老得懒得动，整天在屋里趴着。

从这只老猫我知道猫的一些习性：

猫念经。猫不知道为什么整天“念经”，整天呜噜呜噜不停。这呜噜呜噜的声音不知是从哪里发出来的，怎么发出来的。不是从喉咙里，像是从肚子里发出的。呜噜呜噜……真是奇怪。别的动物没有这样不停地念经的。

猫洗脸。我小时洗脸很马虎，我的继母说我是猫洗脸。猫为什么要“洗脸”呢？

猫盖屎。北京人把做了见不得人的事想遮掩而又遮不住，叫“猫盖屎”。猫怎么知道拉了屎要盖起来的。谁教给它的？——母猫，猫的妈？

我的大伯父养了十几只猫。比较名贵的是玳瑁猫——有白、黄、黑色的斑块。如是狮子猫，即更名贵。其他的猫也都有品，如“铁棒打三桃”——白猫黑尾，身有三块桃形的黑斑；“雪里拖枪”；黑猫、白猫、黄猫、狸猫……

我觉得不论叫什么名堂的猫，都不好看。

只有一次，在昆明，我看见过一只非常好看的小猫。

这家姓陈，是广东人。我有个同乡，姓朱，在轮船上结识了她们，母亲和女儿，攀谈起来。我这同乡爱和漂亮女人来往。她的女儿上小学了。女儿很喜欢我，爱跟我玩。母亲有一次在金碧路遇见我们，邀我们上她家喝咖啡。我们去了。这位母亲已经过了三十岁了，人很漂亮，身材高高的，腿很长。她看人眼睛眯眯的，有一种恍恍惚惚的成熟的美。她斜靠在长沙发的靠枕上，神态有点慵懒。在她脚边不远的地方，有一个绣墩，绣墩上一个墨绿色软缎圆垫上卧着一只小白猫。这猫真小，连头带尾只有五六寸，雪白的，白得像一团新雪。这猫也是懒懒的，不时睁开蓝眼睛顾盼一下，就又闭上了。屋里有一盆很大的素心兰，开得正好。好看的女人、小白猫、兰花的香味，这一切是一个梦境。

猫的最大的劣迹是交配时大张旗鼓地嚎叫。有的地方叫作“猫叫春”，北京谓之“闹猫”。不知道是由于快感或痛感，郎猫女猫（这是北京人的说法，一般地方都叫公猫、母猫）一递一声，叫起来没完，其声凄厉，实在讨厌。鲁迅“仇猫”，良有以也。有一老和尚为其叫声所扰，以致不能入定，乃作诗一首。诗曰：

春叫猫儿猫叫春，

看他越叫越来神。

老僧亦有猫儿意，

不敢人前叫一声。

猫的故事

许君远

我平生爱猫，到四川三年却不曾有机会养猫，原因之一是此地猫种不够繁衍，必须花好多钱去买，买了又必须用绳索系牢，如果让它自由行动，随时都有被人偷去的危险，伤财怄气，最犯不上。原因之二是妻不喜欢（大女儿抱来一条小狗，大遭妈妈呵斥，成天加以米贵为理由，不肯让它吃饱），倘使把它“请”到家来，只得由我一个人照顾，鱼肉最不易买，而这种消费也不在妻的正常开支以内。

童年在故乡，总是饲养着这种依在身边的小动物，夏天看着它生儿女，在葡萄架底下歪着身子喂奶，心里异常舒服。冬天把它偎在被窝里睡觉，看着它四脚朝天，听着它唔唔地念佛，真是绝好的催眠曲。尤其在北国乡间的雪夜（除了新年，卧室内不生煤火），伴着祖母坐在炕头上听祖父讲故事，抚着猫的脊背，沙沙地闪出火星，宛然置身天堂福地，那种安慰唯有哥伦布到了新大陆可与之比伦。

寿命最长的是一头全身乌黑金黄眼睛的母猫，她留下了四五代子孙，颜色却由黄“虎狸”蜕化成黑“虎狸”，由母亲的短脸变成它们所有的那一条长白的鼻子。短脸猫的确比长鼻子猫好看，乌黑油亮也的确比驳色媚人。那只老猫大概活到我七八岁时，在一个麦秋时节失踪，很可能是被三叔家的恶狗咬死，祖母却说老猫都要回到山里成仙，我对那个神话很发生过一个长时期的幻想。

虽然她的子孙不肖，一只黑“虎狸”猫（大概是她的外孙女吧?）却给我留下不可磨灭的印象。它比祖母个子小，比她驯顺，最特别的便是我下学归来总是躲在大门背后迎接，每天上学要送我出了巷（其实这种送，给了我很大的麻烦，因为怕它遭了毒手，我必须抱它回家，关好大门，重新跑路），完全像一只哈巴狗，在心理上却觉得比狗好玩。

离开乡下去北平读书，满眼含着泪水，一面是因为舍不开终年抚爱我的祖母，另一面却在担心小猫失去照拂。冬天，父亲由家乡返回北平，我首先问到我的恩物，他告诉我被狗咬死，我止不住眼泪簌簌，父亲嗔我不问祖母健康，反而先问动物的安全。后来过年回家，他笑着传播这个故事，惹得老人一起解颐，说“这个孩子长大了一定多情”(这句话注定了我半生的命运)。

北平是一个养猫的好环境，然而也许因为年龄大了，不能专心于“业余消遣”，十数年间不曾养过一只可人意的小猫。女主人不能加意维护，女用人们自然不肯多费心思。不到半年跑了，另换新的，换来换去也就换厌了，对猫的兴趣大为减少。这一个时期我颇信西谚“Dog attaches to person，cat attaches to places”（狗随人，猫随地方）的真理，于是我就试着养狗。在养狗的阶段曾经从朋友地方索到一只毛色美丽的大花猫，关在卧室里喂了两天。那时我还不知道用绳索捆起的办法，它颇有“终老是乡”的意思，突然Romy（我那只大狼狗）闯了进去，花猫愤怒地穿窗而出，一去而不返。

在上海养过一只最有灵性的猫。一天它突然跑到我的楼上书房，等到发现走错了地方，已经为时太迟，孩子们早把房门关上。它非常惊慌局促：眼睛睁得很大，前脚弯着，后脚蹲着，尾巴在地上扑打摇摆，嘴里还有怒狠狠的声音。一个有养猫经验的人对它的表情并不感到稀奇，装作不注意那一回事，一面安抚住孩子们，不许她们走近，一面放一块肉让它尝尝，肉是吃了，不过还是不能宁静，一会儿逃到书桌里，任你引诱呼唤也不肯出头。于是我便把食物送到抽屉口上，不再打扰它的自由。这样两天过去，它居然成为我们家庭的附属，除了去厨房排泄（那事引起女用人千百次的怨言），不轻易下楼一步。而且我在哪里，它要追到哪里，我在沙发上睡，它便伏在沙发背上，我在书桌上读书，它便卧在字典旁边，夜里睡在我的脚头，需要下楼便喵喵两声，由我替它开门。这还不算，它最能知道我晚上下班的时间，汽车喇叭一响，它便跳到地上叫喊，有时女用人听不到声音，还是它的喊叫把她唤醒。妻不爱猫狗，但对于“大咪”（那只猫的专名）的美德也愿意广为宣扬，到过我家的客人，谁都知道这一段催女用人开门的故事。

我单身离沪赴港，没有把“大咪”带到南国的理由，然而我总是写信问，总是托妻照顾它的生活。家人过港，我吩咐把它带走，下船却只有三个孩子，没看到那个黑“虎狸”白肚皮的动物。事后问起她们，才知道我离沪不久，“大咪”也就失踪，据说又回到它的旧主人那里，妻怕我伤心，写信不肯提起，不过在她叙述经过的时候，我却不能掩抑我的悲怀，宛然是丧失一个好朋友的滋味。而这次颇给了我养猫的新经验，“cat attaches to places”并不见得完全正确的。

香港也够上耗子为灾（其情形也许仅次于重庆），猫却不是什么珍品，养猫的风气也不兴盛。一次大女儿从街上抱到家里一只又脏又丑不足满月的乳猫，居然养它长大，但是从罗便臣道迁往跑马地不久，它便另外找到比我家更为安适的地方了。这件事对我没有什么感觉，孩子却痛哭一场。妻说大孩子肖父不肖母，爱猫狗的特性也跟我。每次这样说，我总是得意地笑，因为如果像二女儿那样对猫狗毫无爱惜，我家以后将永无家畜的踪影了，那是多么单调可怕的景象！

爱猫狗是同情心丰富的表现，像我这样一个平凡的人，不会有什么优良的品德传于儿女，因而对于大女儿的肖父特性，觉得非常值得安慰了。

父亲的玳瑁

鲁　彦

在墙脚跟刷然溜过的那黑猫的影，又触动了我对于父亲的玳瑁的怀念。

净洁的白毛的中间，夹杂些淡黄的云霞似的柔毛，恰如透明的妇人的玳瑁首饰的那种猫儿，是被称为“玳瑁猫”的。我们家里的猫儿正是那一类，父亲就给了它“玳瑁”这个名字。

在近来的这一匹玳瑁之前，我们还曾有过另外的一匹。它有着同样的颜色，得到了同样的名字，同是从我姊姊家里带来，一样地为我们所爱。

但那是我不幸的妹妹的玳瑁，它曾经和她盘桓了十二年的岁月。

而现在的这一匹，是属于父亲的。

它什么时候来到我们家里，我不很清楚，据说大约已有三年光景了。父亲给我的信，从来不曾提过它。在他的理智中，仿佛以为玳瑁毕竟是一匹小小的兽，比不上任何的家事，足以通知我似的。

但当我去年回到家里的时候，我看到了父亲和玳瑁的感情了。

每当厨房的碗筷一搬动，父亲在后房餐桌边坐下的时候，玳瑁便在门外“咪咪”地叫了起来。这叫声是只有两三声，从不多叫的。它仿佛在问父亲，可不可以进来似的。

于是父亲就说了，完全像对什么人说话一样：

“玳瑁，这里来！”

我初到的几天，家里突然增多了四个人，在玳瑁似乎感觉到热闹与生疏的恐惧，常不肯即刻进来。

“来吧，玳瑁！”父亲望着门外，不见它进来，又说了。

但是玳瑁只回答了两声“咪咪”仍在门外徘徊着。

“小孩一样，看见生疏的人，就怕进来了。”父亲笑着对我们说。

但是过了一会儿，玳瑁在大家的不注意中，已经跃上了父亲的膝上。

“哪，在这里了。”父亲说。

我们弯过头去看，它伏在父亲的膝上，睁着略带惧怯的眼望着我们，仿佛预备逃遁似的。

父亲立刻理会它的感觉，用手抚摩着它的颈背，说：“困吧，玳瑁。”一面他又转过来对我们说：“不要多看它，它像姑娘一样的呢。”

我们吃着饭，玳瑁从不跳到桌上来，只是静静地伏在父亲的膝上。有时鱼腥的气息引诱了它，它便偶尔伸出半个头来望了一望，又立刻缩了回去。它的脚不肯触着桌。这是它的规矩，父亲告诉我们说，向来是这样的。

父亲吃完饭，站起来的时候，玳瑁便先走出门外去。它知道父亲要到厨房里去给它预备饭了。那是真的。父亲从来不曾忘记过，他自己一吃完饭，便去添饭给玳瑁的。玳瑁的饭每次都有鱼或鱼汤拌着。父亲自己这几年来对于鱼的滋味据说有点厌，但即使自己不吃，他总是每次上街去，给玳瑁带了一些鱼来，而且给它储存着的。

白天，玳瑁常在储藏东西的楼上，不常到楼下的房子里来。但每当父亲有什么事情将要出去的时候，玳瑁像是在楼上看着的样子，便溜到父亲的身边，绕着父亲的脚转了几下，一直跟父亲到门边。父亲回来的时候，它又像是在什么地方远远望着，静静地倾听着的样子，待父亲一跨进门限，它又在父亲的脚边了。它并不时时刻刻跟着父亲，但父亲的一举一动，父亲的进出，它似乎时刻在那里留心着。

晚上，玳瑁睡在父亲的脚后的被上，陪伴着父亲。

我们回家后，父亲换了一个寝室。他现在睡到弄堂门外一间从来没有人去的房子里了。

玳瑁有两夜没有找到父亲，只在原地方走着，叫着。它第一夜跳到父亲的床上，发现睡着的是我们，便立刻跳了出去。

正是很冷的天气。父亲记念着玳瑁夜里受冷，说它恐怕不会想到他会搬到那样冷落的地方去的。而且晚上弄堂门又关得很早。

但是第三天的夜里，父亲一觉醒来，玳瑁已在床上睡着了，静静的，“咕咕”念着猫经。

半个月后，玳瑁对我也渐渐熟了。它不复躲避我。当它在父亲身边的时候，我伸出手去，轻轻抚摩着它的颈背。它伏着不动。然而它从不自己走近我。我叫它，它仍不来。就是母亲，她是永久和父亲在一起的，它也不肯走近她。父亲呢，只要叫一声“玳瑁”，甚至咳嗽一声，它便不晓得从什么地方溜出来了，而且绕着父亲的脚。

有两次玳瑁到邻居去游走，忘记了吃饭。我们大家叫着“玳瑁玳瑁”，东西寻找着，不见它回来。父亲却猜到它哪里去了。他拿着玳瑁的饭碗走出门外，用筷子敲着，只喊了两声“玳瑁”，玳瑁便从很远的邻屋上走来了。

“你的声音像格外不同似的，”母亲对父亲说，“只消叫两声，又不大，它便老远的听见了。”

“是哪，它只听我管的哩。”

对于寂寞地度着残年的老人，玳瑁所给与的是儿子和孙子的安慰，我觉得。

六月四日的早晨，我带着战栗的心重到家里，父亲只躺在床上远远地望了我一下，便疲倦地合上了眼皮。我悲苦地牵着他的手在我的面上抚摩。他的手已经有点生硬，不复像往日柔和地抚摩玳瑁的颈背那么自然。据说在头一天的下午，玳瑁曾经跳上他的身边，悲鸣着，父亲还很自然地抚摩着它亲密地叫着“玳瑁”。而我呢，已经迟了。

从这一天起，玳瑁便不再走进父亲的以及和父亲相连的我们的房子。我们有好几天没有看见玳瑁的影子。我代替了父亲的工作，给玳瑁在厨房里备好鱼拌的饭，敲着碗，叫着“玳瑁”。玳瑁没有回答，也不出来。母亲说，这几天家里人多，闹得很，它该是躲在楼上怕出来的。于是我把饭碗一直送到楼上。然而玳瑁仍没有影子。过了一天，碗里的饭照样地摆在楼上，只饭粒干瘪了一些。

玳瑁正怀着孕，需要好的滋养。一想到这，大家更其焦虑了。

第五天早晨，母亲才发现给玳瑁在厨房预备着的另一只饭碗里的饭略略少了一些。大约它在没有人的夜里走进了厨房。它应该是非常饥饿了。然而仍像吃不下的样子。

一星期后，家里的戚友渐渐少了。玳瑁仍不大肯露面。无论谁叫它，都不答应，偶然在楼梯上溜过的后影，显得憔悴而且瘦削，连那怀着孕的肚子也好像小了一些似的。

一天一天家里愈加冷静了。满屋里主宰着静默的悲哀。一到晚上，人还没有睡，老鼠便吱吱叫着活动起来，甚至我们房间的楼上也在叫着跑着。玳瑁是最会捕鼠的。当去年我们回家的时候，即使它跟着父亲睡在远一点的地方，我们的房间里从没有听见过老鼠的声音，但现在玳瑁就睡在隔壁的楼上，也不过问了。我们毫不埋怨它。我们知道它所以这样的原因。

可怜的玳瑁。它不能再听到那熟识的亲密的声音，不能再得到那慈爱的抚摩，它是在怎样的悲伤呵！

三星期后，我们全家要离开故乡。大家预先就在商量，怎样把玳瑁带出来。但是离开预定的日子前一星期，玳瑁生了小孩了。我们看见它的肚子松瘪着。

怎样可以把它带出来呢？

然而为了玳瑁，我们还是不能不带它出来。我们家里的门将要全锁上。邻居们不会像我们似的爱它，而且大家全吃着素菜，不会舍得买鱼饲它。单看玳瑁的脾气，连对于母亲也是冷淡淡的，绝不会喜欢别的邻居。

我们还是决定带它一道来上海。

它生了几个小孩，什么样子，放在哪里，我们虽然极想知道，却不敢去惊动玳瑁。我们预定在饲玳瑁的时候，先捉到它，然后再寻觅它的小孩。因为这几天来，玳瑁在吃饭的时候，已经不大避人，捉到它应该是容易的。

但是两天后，我们十几岁的外甥遏抑不住他的热情了。不知怎样，玳瑁的孩子们所在的地方先被他很容易地发现了。它们原来就在楼梯门口，一只半掩着的糠箱里。玳瑁和它的小孩们就住在这里，是谁也想不到的。外甥很喜欢，叫大家去看。玳瑁已经溜得远远的在惧怯地望着。

我们想，既然玳瑁已经知道我们发觉了它的小孩的住所，不如便先把它的小孩看守起来，因为这样，也可以引诱玳瑁的来到，否则它会把小孩衔到更没有人晓得的地方去的。

于是我们便做了一个更安适的窝，给它的小孩们，携进了以前父亲的寝室，而且就在父亲的床边。

那里是四个小孩，白的，黑的，黄的，玳瑁的，都还没有睁开眼睛。贴着压着，钻做一团，肥圆的。捉到它们的时候，偶然发出微弱的老鼠似的吱吱的鸣声。

“生了几只呀？”母亲问道。

“四只。”

“嗨！四只！怪不得！扛了你父亲的棺材，不要再扛我的呢！”母亲叹息着，不快活地说。

大家听着这话，愣住了。

“把它们丢出去！”外甥叫着说，但他同时却又喜悦地抚摩着玳瑁的小孩们，舍不得走开。

玳瑁现在在楼上寻觅了，它大声地叫着。

“玳瑁，这里来，在这里。”我们学着父亲仿佛对人说话似的叫着玳瑁说。

但是玳瑁像只懂得父亲的话，不能了解我们说什么。它在楼上寻觅着，在弄堂里寻觅着，在厨房里寻觅着，可不走进以前父亲天天夜里带着它睡觉的房子。我们有时故意作弄它的小孩们，使它们发出微弱的鸣声。玳瑁仍像没有听见似的。

过了一会儿，玳瑁给我们女工捉住了。它似乎饿了，走到厨房去吃饭，却不防给她一手捉住了颈背的皮。

“快来！快来！捉住了！”她大声叫着。

我扯了早已预备好的绳圈，跑出去。

玳瑁大声地叫着，用力地挣扎着。待至我伸出手去，还没抱住玳瑁，女工的手一松，玳瑁溜走了。

它再不到厨房里去，只在楼上叫着，寻觅着。

几点钟后，我们只得把玳瑁的小孩们送回楼上。它们显然也和玳瑁似的在忍受着饥饿和痛苦。

玳瑁又静默了，不到十分钟，我们已看不见它的小孩们的影子。现在可不必再费气力，谁也不会知道它们的所在。

有一天一夜，玳瑁没有动过厨房里的饭。以后几天，它也只在夜里，待大家睡了以后到厨房里去。

我们还想设法带玳瑁出来，但是母亲说：

“随它去吧，这样有灵性的猫，哪里会不晓得我们要离开这里。要出去自然不会躲开的。你们看它，父亲过世以后，再也不忍走进那两间房里，并且几天没有吃饭，明明在非常的伤心。现在怕是还想在这里陪伴你们父亲的灵魂呢。它原是你父亲的。”

我们只好随玳瑁自己了。它显然比我们还舍不得父亲，舍不得父亲所住过的房子，走过的路以及手所抚摸过的一切。父亲的声音，父亲的形象，父亲的气息，应该都还很深刻地萦绕在它的脑中。

可怜的玳瑁，它比我们还爱父亲！

然而玳瑁也太凄惨了。以后还有谁再像父亲似的按时给它好的食物，而且慈爱地抚摩着它，像对人说话似的一声声地叫它呢？

离家的那天早晨，母亲曾给它留下了许多给孩子吃的稀饭在厨房里。门虽然锁着，玳瑁应该仍然晓得走进去。邻居们也曾答应代我们给它饲料。然而又怎能和父亲在的时候相比呢？

现在距我们离家的时候又已一月多了。玳瑁应该很健康，它的小孩们也该是很活泼可爱了吧？

我希望能再见到和父亲的灵魂永久同在着的玳瑁。